DE LA MÊME AUTRICE

Aux Éditions Gallimard

LA TRAJECTOIRE DE L'AIGLE, 2021.

LES AMIES

NOLWENN LE BLEVENNEC

LES AMIES

roman

GALLIMARD

À Sterenn.

I

SUD

Le 23 mai n'est pas le vingt-troisième jour du mois de mai, c'est le jour de naissance de Rim. Cette date, apprise au tout début de ma vie, appartient à mon amie d'enfance. Colle à elle comme un mot à son objet, n'a pas d'existence propre, s'autodétruit dans les airs sans elle. Au réveil ce matin-là, je ne pense qu'à elle. Ma tête est envahie. Surtout, ne pas oublier d'appeler Rim. *Tu veux quoi pour ton anniversaire ? T'es où ? T'es bien ?* Pendant que Daniel me prépare des œufs à l'anglaise, je revisite son appartement familial et je nous vois, enfants, en boule sur le lit électrique de ses parents. Nous rions à n'en plus pouvoir d'une réplique du film *Dirty Dancing,* quand la fille dit à Johnny : « Tu n'as pas besoin de courir le monde après ton destin comme un cheval sauvage. » Je veux remettre la scène une quatrième fois. Rim en a marre, mais « allez, d'accord ». Elle appuie sur la touche grésillante du magnétoscope, *Rewind,* tandis que j'actionne la télécommande du lit parental pour le mettre à plat. On s'étrangle une nouvelle fois de rire.

Il est 6 h 30, ce 23 mai 2021. Mon lit d'adulte ne bouge

pas. C'est un bloc de ciment dont je ne vais pas sortir de la journée parce que, comme d'habitude à cette date, je me lance dans la géographie d'une amitié perdue.

1

Champomy Gold

Je connais Rim depuis toujours, mais c'est quand elle a été embauchée dans le même journal que moi, en 2010, qu'elle a repris toute sa place dans ma vie et que notre trio avec Anna s'est formé. Nous menions toutes les trois des vies semblables, c'est-à-dire que, la trentaine entamée, nous étions sur le point de faire des enfants avec des mecs bien. Par bien, j'entends des hommes qui prennent en charge au moins la moitié de la logistique familiale.

Quand elle ne lisait pas de psychanalyse, Anna partageait sa vie avec un réalisateur de documentaires argentin dont la particularité était de tenir des propos rassembleurs. Sa force rhétorique : le respect de chacun au détriment de personne. Devant les films de Panchi, mon esprit se vidait d'approbation. C'est du respect intersectionnel, pensais-je à chaque fois, et aussi qu'il terminerait maire d'une petite commune française. Grand et mince, Panchi portait des écharpes en soie et des bonnets à grosses mailles tricotés par sa mère. Il aspirait les yaourts à même le pot en souriant de ses cils noirs. Aux anniversaires, il offrait des cadeaux qui sont la preuve qu'aucune conversation n'est jamais oubliée. Avec son intelligence, son sens de la justice, il aurait fait un bon coéquipier de fin du monde s'il avait fallu trouver des choses à manger dans l'obscurité. Sa peau chaude et caramélisée tranchait avec celle d'Anna, née en Savoie. À cette époque, ils discutaient de féminisme des nuits entières. Ce qui me semblait trop.

À l'inverse, Rim refusait d'intellectualiser quoi que ce soit. Elle vivait avec un garçon blond, portant des vêtements trop serrés et des chemises à carreaux ouvertes sur son torse. Beau et végan, à l'exception, une fois par an, d'encornets revenus à la poêle avec des pois chiches et du citron. Aussi tonique que Rim, Niels (on ne prononce pas le « s ») était coach sportif 360° et moniteur d'escalade. Trois matinées aux Buttes-Chaumont passées à soutenir les cuisses de Rim, qui grimpait mal au début, avaient suffi pour qu'il se mette à voir le jaune de son legging partout dans Paris ; comme une persécution. Le Franco-Norvégien, mal à l'aise à l'oral, était doux dans le sens où il aimait suspendre des fleurs au plafond. Où il ne fumait jamais une cigarette sans en proposer autour de lui, ce qui est une grande qualité. À leur rencontre, Rim avait troqué son air de kommandantur pour son opposé, celui d'un lutin de Noël qui fait des entrechats.

Quant à moi, Armelle, rat des salles de cinéma, fille aux lunettes rondes en écaille ayant peur de tout, des gens et des situations, je vivais avec Daniel. Un prof d'histoire à l'université de dix ans de plus que moi, l'esprit vif, deux enfants d'une autre femme, gros et ferme (on pourrait disposer des billes dans le pli principal de son cou quand il dort), au nom ukrainien et aux cheveux noirs bouclés.

Empereur des amphis. Accro au réseau social Twitter et roi des punchlines. Comme Panchi, Daniel était imprenable politiquement : toujours deux coups progressistes d'avance. Homme de confiance sur les sujets d'actualité et drôle dans la manière de les percevoir. Sans lui dire, j'adorais plusieurs choses. Qu'il n'accepte pas de démarrer sa voiture sans que j'aie crié, par respect pour elle : « Colette turbo, en avant les turbos. » Qu'au lit, avant de faire l'amour, il me parle yiddish avec un accent espagnol. Qu'au réveil, il se colle à moi comme une pleine lune restée seule trop longtemps. Que son odeur persiste sur les draps comme une fine couche de farine. Que la nuit, sa tête chaude s'immerge dans le traversin. Cet oreiller qui adhère à ses yeux est d'ailleurs ma meilleure réserve d'ADN pour sa réincarnation. Mais aussi qu'il m'appelle, à toute heure de la journée, pour chanter à deux voix *California Dreamin'* de The Mamas and The Papas. Le téléphone sonne, et il commence d'un timbre aigu pour un homme, presque intolérable, *All the leaves are brown.* Silence. Il répète cette phrase tant que je n'ai pas embrayé avec la deuxième voix, féminine, mille fois trop haute pour moi. Je suis en réunion. Je m'isole pour lui dire d'arrêter, « s'il te plaît arrête, je suis au travail, c'est pas possible de faire ça », mais je cède toujours. *All the leaves are brown.* Il continue. *And the sky is grey.* Je suis embarquée. *And the skys is grey. I've been for a walk. I've been for a walk. On a winter's day. On a winter's day.* Puis à la fin, c'est tout.

— Bonne journée.

— Bonne journée, lapin.

Avec ces trois hommes opérationnels, Rim, Anna et moi avions couru les expos, lu des romans dans des positions imbriquées, organisé et subi des anniversaires surprises. Puis, forcément, enfanté. Parce que mon compagnon était plus âgé que moi, je m'étais lancée plus vite que Rim et Anna dans la conception, et mon second garçon aux cheveux en forme de casque de moto était contemporain de leurs premières filles. À la fin de l'été 2012, lorsqu'à différentes latitudes de l'Atlantique (La Trinité, l'île d'Oléron, Saint-Pée-sur-Nivelle) nous avions appris être toutes les trois enceintes, le groupe WhatsApp baptisé « Bébés de l'Atlantique » avait été créé. Sujets abordés dans ce groupe après nos accouchements : les bienfaits de la péridurale, le physique des anesthésistes, les hémorroïdes, les culottes-filets, les seins gonflés de lait, les seins tout court, l'usage de la troisième personne du singulier par les aides-soignantes de la maternité (« Maman va te changer de position »).

Tous les jours, Rim y exprimait son désir de reprendre le sport. Mais avant ça, une dépression était au programme. Corsée et non adressée, comme on dit en psychologie, c'est-à-dire qu'elle répétait « ça roule » alors qu'elle vivait en apnée. Ses vêtements étaient noirs et froissés. Les pleurs de son bébé étaient vécus comme des reproches. Elle le changeait en pilote automatique, sans contact visuel. Elle mimait le bonheur devant les voisins. Vers la fin de son congé maternité, j'ai reçu des annonces SeLoger.com par tous les canaux (SMS, Facebook, Instagram). À la limite de l'interdit bancaire, Rim visitait des appartements. Pour les acheter. Chaque visite se terminait par une offre au prix. « Aloïs sera heureuse dans cette chambre, disait-elle aux agents immobiliers. C'est ma fille, elle vient de naître. » Sept offres et sept rétractations plus tard, je devais encore me « ramener » à Saint-Ouen, un mardi à 12h15. « Une contre-visite. La dernière, c'est promis. »

Sa folie immobilière s'est arrêtée ce jour-là devant le métro Garibaldi quand je lui ai annoncé que je n'irais plus nulle part et que j'allais téléphoner à sa mère si elle continuait. Après ça, elle a remonté la pente, et la tendresse pour sa fille s'est débloquée quand, venue la chercher un soir à la crèche, elle l'a longuement observée par la porte vitrée et l'a trouvée gentille avec les autres enfants. Main dans la main en 2013 et 2014, Anna, Rim et moi avions ensuite vécu le « petit maternage » ; ce temps où l'enfant accapare les femmes plus que toute autre activité humaine, même plus que des cours de yoga pour devenir soi-même prof de yoga. Cette époque où le travail repose des vacances, où prendre un train seule provoque des frissons de liberté dès la boutique Relay (« Je vais m'acheter *Match* et plusieurs crayons à papier, tiens »). Mais où, une fois passées les portes de chez soi, l'on retourne sous dictature puisqu'un enfant sait comment obtenir le meilleur pour lui-même, c'est-à-dire être porté et déplacé en même temps. Une main sur son ventre et cette phrase, « La rivière au bord de l'eau », qui n'a décidément aucun sens.

Dans les mois qui suivent la naissance, l'enfant est une alarme incendie illogique : des cris se déclenchent sans feu, sans fumée et même sans allumette. Et la jeune mère a toujours l'air de sortir de trois heures d'un intense ménage réalisé avec son propre corps. Cheveux secs, vêtements tachés de lait, elle déplace sans raison le tapis d'éveil. Par ailleurs, et c'est aussi émouvant qu'inquiétant, son être social fond. Elle gazouille, s'émerveille, filme la première compote, prend des milliers de photos identiques, s'inquiète d'un col trop serré au niveau du cou (« Il respire bien, tu trouves ? T'es sûre ? »). Sa matière grise est entrée dans un entonnoir qui la concentre à l'extrême sur les questions maternelles. Elle se pose des problèmes philosophiques : *Faudra-t-il lui mettre des chaussures avant qu'il marche ? Et si la réponse est oui, pourquoi ?* Et des défis pragmatiques : *Le débit de son biberon est-il adapté ?* À cette interrogation, la réponse est toujours non. Au milieu de la nuit, on la retrouve dans la cuisine, la main tremblant de fatigue, un couteau de boucher enfoncé dans la tétine. Pour que ça coule plus vite, mais ça coulera trop vite.

Quand Rim a finalement repris le sport, j'ai reçu une vidéo en caméra subjective. Un chemin de terre avec des cailloux et des baskets rouges qui entraient et sortaient de l'image, le bruit de sa respiration de combat et des couinements de joie. « Je cours, Armelle, je cours ! » Bien qu'émue, vraiment émue par son retour parmi nous, je n'ai pas réussi à sourire. Depuis une minute, j'étais pétrifiée. Je m'explique : juste avant que me parviennent ces images de Rim, j'avais vu apparaître sur WhatsApp un groupe créé par Daniel baptisé « Un gros anniversaire ce samedi ! », avec dix-neuf numéros inconnus. Hypothèse : pour les trois ans de mon fils Gus et alors que je venais d'accoucher d'un second garçon, mon mec s'apprêtait à inviter chez nous sans m'avoir consultée les deux tiers d'une classe de maternelle. Gros anniversaire, du bas latin *grossus,* « épais ». Dix-neuf paires de jambes toniques, en liberté. Trente-huit rames de drakkar devenues folles dans mon salon. Pendant quelques secondes, la boîte numérique est restée vide. Puis un texte est tombé :

> *Salut Tutti ! Paolo, Oscar (dit Kiki), César, Youssouf, Lila, Paul, Sacha, Milynda, Meriem, Louise, Titien, Lou, Marceau, Gabriel, Gauthier, Jeanne, Baptiste* [plein d'autres prénoms], *sont invités à l'heure du déjeuner samedi. Je ferai une grande plâtrée de nuggets et de frites à la maison. Et bien sûr : ceux qui veulent rester dormir sont les bienvenus.*

Bien sûr.

Trop contents de la perspective de liberté, de peur que la proposition ne s'évapore, les parents répondaient en rafale. « Paul, présent ». Cool, avec son pyjama ? « Oscar trépigne ». Cinquante notifications plus tard, j'étais encore stupéfaite. *Comment Daniel avait-il récupéré tous ces numéros ? Était-ce le résultat d'un long travail souterrain ou avait-il pris contact avec la directrice de l'école, qui nous faisait peur ?* J'ai mis mon téléphone en mode avion, je l'ai posé sur mon bureau et j'ai percuté l'arrière de mon siège en cuir avec mon dos. J'avais trois jours et demi devant moi, c'est-à-dire rien. La vie écourtée d'un moucheron. J'ai ooglé une règle que j'avais en tête, celle dite du nombre d'invités relatif à l'âge : un convive pour un an, deux pour deux ans, trois pour trois ans. D'où sortait-elle ? L'avais-je inventée ou avait-elle été édictée par un pédopsychiatre, une sommité, que j'aurais pu opposer à Daniel ? *Va sur le site du Dr Bretzel et tu verras enfin à quel point tu fais n'importe quoi*. Je n'ai rien trouvé sur Internet, mais ce soir-là, le ventre du père de mes enfants qui dépassait comme un volcan de l'eau du bain et le fait que son corps adhérait en même temps aux bords latéraux de la baignoire a ramolli ma colère.

Puis c'est arrivé. Je veux dire, le jour de l'anniversaire est arrivé. Le temps de cligner des yeux et, dans l'entrée, une foule de grands bébés me fixaient comme un écran lumineux. À mes pieds, une montagne de manteaux nains en expansion. Des paires de chaussures violemment séparées aux quatre coins de la pièce. Entre deux sonneries, j'allais recomposer dans ma chambre un sourire accueillant de mère de famille. J'y ai trouvé l'intégralité de Louise dans mon placard. « Non ça, ce sont mes chaussures. Et sans vouloir te commander, Louise, je voudrais aussi que tu sortes de ma chambre. C'est la mienne, tu comprends ? À moi. » À 13 heures, mon fils n'attendait plus personne. Quand la porte a sonné, j'ai espéré que ce soit déjà des parents, des parents déshabitués à la liberté, ne sachant plus vivre sans lingettes, sans l'heure de la sieste, peut-être sortis du cinéma en plein milieu du film, effrayés par leur propre décontraction et par le champ des possibles, mais cette idée était tordue. En traversant le salon pour aller ouvrir, j'ai regardé Daniel avec une rare méchanceté. La fête battait son plein. J'ai compté les nuggets tombés par terre. Je n'ai pas compté les frites écrasées. J'aurais voulu contrôler cinq voitures-balais par la pensée. Être Mickey dans *Fantasia* à la condition de pouvoir redevenir moi. J'ai ouvert, Rim et Anna m'ont souri. « On n'est pas venues avec nos filles, j'espère que t'es pas trop déçue », a dit Rim en mettant la main sur mon épaule. J'ai fait non de la tête et j'ai murmuré : « Mon Dieu, merci d'être là. »

Dans l'entrée, Rim a posé son gros sac Adidas par terre. Elle l'a dézippé et elle en a sorti une trousse transparente remplie de sticks de couleurs. Sans commentaire, elle a quitté la pièce, puis, au milieu du salon, après une grande respiration, elle a hurlé à en faire peur : « Tous en rang. Je maquille les garçons en papillon et les filles en lion ! » Au même moment, Anna a mis son bras autour de mon cou et m'a conduite dans la cuisine. D'un cabas, elle a extrait du chocolat, du beurre, du sucre, de la farine, des œufs, et, de la poche de son manteau, un sachet de noix concassées. Elle m'a demandé si j'avais un moule, puis elle a dit :

— Rappelle-moi combien il y a d'enfants ici.

— Je préfère pas trop y penser, mais dix-neuf.

— Merveilleux. C'est le temps de cuisson du gâteau.

— Pour qu'il soit coulant ?

— Oui.

— Alors non. Je préfère pas, Anna. Pour ma santé mentale. Le canapé. Même pour eux.

— Alors on part sur vingt-deux, mais ça sera moins bon.

— Sont petits. S'en souviendront pas.

Après les bougies et les cadeaux, Daniel a proposé de transférer les enfants au square pour organiser un match de foot géant. C'est sa magie d'avoir des idées comme celle-ci (et c'est sa magie au carré de savoir déplacer autant d'hyperglycémiques sans en perdre un seul). Il raconte des histoires, comme celle du *Petit Chevalier*, et, pris par l'intrigue, les enfants le suivent de près. Il a mis notre bébé dans la poussette, les invités miniatures de Gus se sont rangés derrière lui et la porte s'est refermée sur le convoi. Anna, Rim et moi sommes allées nous asseoir sur le balcon rond de ma chambre, dont je ne prends pas assez soin (pas une plante, que des mégots, je m'en veux chaque fois que je le vois). Par terre, nos visages tournés vers le soleil, nous avons dégommé deux bouteilles de Champomy Gold au goulot. Rim nous a montré comment elle joue l'endormie, au début du tunnel parental 18/20, quand elle ne veut s'occuper de rien. La bouche ouverte, la langue sur le côté. « La clé, c'est ça, d'avoir l'air pathétique. » C'était le rôle de sa vie. Planté devant elle, Niels, incrédule, agacé, disait tout haut : « Oh merde, elle se fout de ma gueule. Allez les enfants, à la douche. » Au premier long silence, je leur ai dit que ce qu'elles venaient de faire pour moi, cet après-midi, je ne l'aurais pas fait parce que ça m'aurait trop coûté, mais que je serais là autrement. Pour garder leurs filles la nuit par exemple. Que j'aimais bien les nuits. Dire : *Tout va bien, c'est encore l'heure de dormir, tiens voilà ta tétine,* et leur caresser la tête. Les cheveux de bébé : une matière inouïe dont le capitalisme n'a rien fait. Rim a répondu : « D'accord pour la nuit de samedi. » Elle allait mieux, sa dépression était terminée, mais ses yeux restaient comme agrandis par leur lutte menée contre la fatigue. Elle nettoyait un à un ses pinceaux de maquillage dans un verre d'eau posé entre ses cuisses, et elle les rangeait dans la trousse. Une chanson s'est lancée chez la voisine du dessus. *There's a hero, / If you look inside your heart...*

Mariah Carey. Nées au début des années 80, Rim et moi avons fredonné cet air cent mille fois en mimant un micro avec le poing. Nous connaissions les paroles par cœur (mais Anna, non, à Cluses, on était plus cool ou moins mièvre, on écoutait Tryo). Pourtant, ce jour-là, Rim et moi avons fait comme si cette chanson était une musique du monde, absolument inconnue de nos latitudes. Étrange accord tacite. Comme si chanter cet air comportait le risque de voir se matérialiser sous nos yeux un tas d'argile gigantesque symbolisant le temps écoulé depuis notre adolescence.

— Il s'est bien passé cet anniversaire, a dit Rim.
— Oui vraiment très bien, j'ai dit.

2

Le grand réveil

De même que nous avions traversé cette phase materno-logistique dans un état second, comme de vieilles Russes alcoolisées marchant pieds nus dans la rue, avec à la fois peu de sensations et peu conscience de nous-mêmes, mais aussi avec de fortes bouffées de joie et d'amour illuminé, nous ne l'avons pas vue s'achever. Mais à bien y réfléchir, le tournant a eu lieu un dimanche d'octobre 2014. Ce jour-là, dans le salon d'Anna qui offre une vue plongeante sur le parvis de la gare de Lyon, Adèle s'est levée. La petite fille à l'odeur de figue a fait ses premiers pas dans le but d'aller attraper l'iPhone de sa mère et de le lancer par terre. Et j'aime penser que c'est à la seconde où l'appareil a percuté le sol qu'une énergie s'est libérée et qu'à l'autre bout de Paris, chez Rim à Montmartre, et dans sa tête surtout, s'est formée l'idée d'un voyage. Pour nous revigorer, solder cette phase critique, laisser derrière nous la décharge de responsabilité et l'ambivalence de nos débuts en maternité. Allongée sur son canapé, un morceau de sein éclairé par le soleil, sa fille endormie sur son ventre, Rim a pensé à la Tunisie parce qu'elle aime la harissa au point d'en mettre dans ses spaghettis depuis toujours. Elle a retenu l'idée toute la journée, puis, plus difficile, toute la nuit. Le lendemain matin, elle y pensait encore quand nous étions arrivées au journal en même temps, et que nous avions traversé le dernier passage clouté comme les Beatles. Passé la porte tambour, nous avons salué Robert qui mangeait des miniviennoiseries devant des vidéos de MMA. « Hop hop hop, deux minutes », a-t-il crié en tendant du courrier à Anna. Devant l'ascenseur, Rim a émis un bâillement plus long que d'habitude avec le dos de la main collé à la bouche, je l'ai imitée, et elle a dû y voir la confirmation que son idée était la bonne. Nous manquions de sommeil. Il fallait sortir de cette inertie. Acter le fait qu'il y avait eu un passage, un changement de vie profond, que nous étions de l'autre côté, celui des adultes, des parents, mais que tout irait bien, ce n'était pas une prison non plus. Elle a semblé guetter le bruit de la machine – qui était encore à un étage lointain. Nos genoux alignés étaient trempés par la pluie tiède de la Toussaint. Et donc ? Sur le sol recouvert d'une fine pellicule d'eau, elle a fait un quart de tour glissant vers nous et à nos visages restés de profil, elle a dit : « Allez, on en a trop chié là. On a bien le droit à un peu de liberté. Sauvons-nous la vie. Allons passer Noël à Midoun. »

Midoun ? Cette ville sonne comme le surnom d'une grand-mère étrangère produisant du miel (la mienne, celle que j'ai le mieux connue, me faisait manger du cheval, ce qui est presque la démarche inverse, je me comprends). Donc, je ne peux pas mieux l'expliquer, mais en entendant ce mot, ma boîte crânienne s'est emplie d'une lumière céleste. Mes connexions neuronales : baignées d'un brouillard blanc. Maintenant, je sais que quelque chose devenait possible parce que nos bras maternels s'étaient vidés. Nos enfants simultanément passés en position verticale, devenus des bipèdes au même titre que l'autruche, que faire du grand vide laissé sur nos torses et sur nos hanches ? Suit un phénomène de réappropriation psychique et corporelle. Logique, mais non su. Un retour des velléités. Nous étions toutes les trois sur le point d'entamer ce que j'appelle désormais *le grand réveil*. Et cela allait commencer par une poussée de lucidité sur notre avenir post-maternel. Soudain, après tant d'activités biologiques et de contraintes logistiques à base de lit parapluie, après tant d'émotions et d'adaptation, l'esprit réalise qu'il est enfermé dans un motif familial éternel. L'avenir prend la forme d'un couloir long, étroit et uniforme. Tapissé d'une frise machiavélique. Un seul dessin à perte de vue. Par exemple des fleurs de lys. Petites. Jaunes. Effroyablement symétriques. Jusqu'à l'infini. Une figure géométrique à laquelle le regard ne peut plus échapper. Répétée sur toute la longueur de l'existence. C'est-à-dire, si on arrête avec les métaphores, la même famille pour toujours. Les mêmes nez, les mêmes pores, les mêmes faiblesses de caractère. Bref, les mêmes individus qu'on aime, bien sûr, jusqu'au bout des articulations, mais qui nous mangent vivants et au profit desquels, en plus, s'est mise en branle une furie consommatrice. Du shampoing, des chaussures, des figurines de dinosaures, du jambon, des maillots de bain. La famille : un résultat génétique enfermé dans une unité économique. Et donc, plus aucune surprise. Des organes qui, au lieu de se tordre d'émotions, se remplissent et se vident de matière. Des squares, des Monopoly et la mort. Voilà le programme.

Alors ? Alors, non. L'instant d'après, ce qu'il se passe chez certaines femmes, pas toutes heureusement, c'est que naît l'envie de se débattre. C'est cela, le grand réveil. Un sursaut. Ou, si on préfère, une crise post-maternelle enflammée. Emma Bovary en est la sainte patronne, pas pour la fascination et la coquetterie, mais pour l'esprit de décision et l'intrépidité. Car l'idée ou la pulsion n'est pas de faire disrupter ce destin tout tracé par un regain de travail, ou de discipline, ce qui serait digne, louable, socialement utile (si ce regain d'énergie était investi dans la géo-ingénierie par exemple), mais de replonger sa tête – tout entière – dans la bassine d'eau amoureuse. D'épuiser son potentiel de séduction comme on dilapide un héritage avant de se suicider. Pour cela, la partie de cartes engagée dix ans plus tôt avec le chouette père de ses enfants est mise de côté. *Tiens, pose-toi ici trois secondes.* Alors même qu'au réveil il arrive encore qu'on écoute à son ventre comme à une porte, l'urgence est d'aller tout recommencer ailleurs. Cruellement. *J'ai plus envie de toi pareil, voilà.* Tout ça pour ressentir à nouveau quelque chose plutôt que pour la réalité d'un autre quelqu'un. En fait, à ce stade de la vie, l'amant a plus que jamais une fonction. Il s'agit de compenser les contraintes liées à la maternité. Les années où le corps a servi de logement. Les décomptes de la nuit : *c'est à ton tour d'y aller.* Les déjeuners de la scoliose : la bannette de pain ramassée une fois, deux fois, trois fois, etc. La basse fréquence amoureuse, la sexualité du samedi et les disputes ridicules (il y avait quatre bouteilles de Volvic à moitié pleines de son côté du lit, alors j'en ai ajouté deux par provocation). Il s'agit – pour compenser tout ça – de s'offrir un second souffle. Et d'oublier un instant qu'elle disparaît, cette jeunesse, aussi vite que de l'eau versée sur du sable. Le temps des femmes est compté. Alors, ces jeunes mères intranquilles s'agitent. Elles relancent l'action terrestre autour d'elles – l'amour et la violence, le chagrin, les tensions musculaires, et pourquoi pas l'immolation d'un amant désespéré sous leurs fenêtres. Terrible. Génial. Bref, tout est fait pour se sentir vivre plus fort. Resplendir. S'intensifier soi-même. Comme un jouet musical qui voudrait rester sur *on*, hurler sa mélodie jusqu'à la fin des piles.

Et puis, en y réfléchissant, peut-être que ce *grand réveil* amoureux vient aussi apaiser l'angoisse de la mort qui perce lorsque les enfants sont petits. Je dis cela parce qu'à cette époque je pensais beaucoup aux impacts psychologiques de ma propre mort sur les garçons, qui les couperait en plein élan, croyais-je humblement (pour en faire des peintres valables ou des épaves ou les deux). Dans *Face aux ténèbres*, l'écrivain William Styron écrit qu'il est convaincu que son alcoolisme prend racine dans la mort de sa mère lorsqu'il avait treize ans, ce qui n'est pas si jeune. Voilà. Ce n'est pas pour nous dédouaner, mais je pense que cette révolte pathétique, cette excitation de préquadra prise au piège, ce rebond narcissique qui, après la maternité, nous a reliées, Rim, Anna et moi, encore plus fort que la maternité elle-même, et poussées vers la Tunisie est répandu. Une rébellion banale pour celles qui en ont le temps. On dirait même que, sous certaines conditions hormonales, ce sont les corps féminins qui agissent d'eux-mêmes. Que, se sachant encore fertiles, ils partent en toute autonomie à la rencontre d'autres formules génétiques. *Si ça se trouve, ce truc-là nous arrive depuis la Préhistoire ?* En tout cas, cette mutinerie, cette course à la vie qui a peut-être un équivalent masculin (même si, comme le note Marguerite Duras dans *La Vie matérielle*, « la maternité ce n'est pas la paternité »), cette avidité de jeune mère qui a pour l'instant échappé à l'étude des sciences humaines, nous l'avons vécue comme trois sœurs.

Si le mot « Midoun » me faisait un tel effet, c'est parce que j'étais déprimée. En plus de mon travail au journal et de ma famille pléthorique, du manque de solitude en somme, la pluie était molle ces temps-ci et je sortais à trente-quatre ans de ma première fibro-coloscopie. Vingt-quatre heures avant l'impact sur le sol du téléphone d'Anna, je calais mon flanc gauche au bord d'une table d'opération. Ma tenue : une charlotte, des chaussons et une robe d'une matière indistincte, entre le papier et le plastique. Courte la robe, alors que c'était un mauvais jour pour mes jambes qui étaient blanches avec des points rouges. Au loin, je voyais passer des corps inconscients sur des brancards. *Les médecins poussent peut-être les cas critiques jusqu'au métro aérien et les balancent par-dessus bord*, pensais-je. Sans aller jusque-là, fallait quand même faire confiance. Étendue sur la table, j'étais embêtée par l'irréversibilité du moment. L'anesthésie produit une terrible sensation de préguillotine. J'allais être endormie puis pénétrée par des caméras-tuyaux s'immisçant en moi par la bouche et par l'anus. Juste avant d'être perfusée, j'avais imaginé les deux sondes se saluant au centre de mon corps avec des jeux de lumière typiques des sondes, ce qui m'avait fait sourire. En me sentant partir, je m'étais plus sérieusement demandé ce qui me différenciait d'une chèvre tombée morte sur le côté.

Deux heures plus tard, tout s'était bien passé, mais, dans la vapeur post-opératoire, les confusions animales s'étaient poursuivies dans ma tête puisqu'il me semblait que je rongeais la brioche de mon plateau-repas comme un vieux hamster boulimique. C'est d'ailleurs avec une certaine gêne que mon médecin m'avait demandé de stopper un instant ma folle ingestion alimentaire pour me parler de l'anomalie décelée dans mon estomac – de fait, des cellules d'intestin grêle s'y trouvaient. Dans l'antre de mon estomac. Alors là. Le choc. Je savais qu'on pouvait substituer une chose à une autre. Une personne à une autre, oui ça aussi, j'avais fini par le comprendre. Mais des morceaux de corps entre eux, je ne le savais pas et c'était très grave. Alors Midoun « à Djerba », avait précisé Rim en entrant en premier dans l'ascenseur du journal, c'était une question de survie. J'ai dit « d'ac », en lui emboîtant le pas. Le doigt maintenu appuyé sur le bouton de l'étage devenu jaune pâle, Anna a ajouté :

— Ok pour moi aussi. Si on compense l'empreinte carbone et si vous me laissez m'occuper de l'hôtel.

Nous avons hoché la tête et, en milieu d'après-midi, alors que Rim et moi n'y pensions plus, Anna nous a transmis par mail des photos de la suite royale de l'hôtel Azur Palace. Sur les images, un magnifique appartement dans les tons soleil couchant. Croyant qu'elle envoyait ça pour rigoler, j'ai répondu PARFAIT et Rim quelque chose d'équivalent en majuscules. Cinq minutes plus tard, et alors que je n'avais dit que « d'ac » et que le vrai oui, celui qui se décide chez soi après avoir testé l'impact du non sur le moral, n'avait pas été prononcé, Anna avait balancé la réservation de la suite en pièce jointe. Dans le corps du mail, pas un mot. Une image du désert tunisien et un lien vers le site de l'hôtel sur lequel j'ai cliqué. Vu du ciel, c'était un bâtiment en forme de U posé sur le sable comme un aimant essayant d'attirer la mer à lui. Description : *Bordé par le golfe de Gabès, au sud-est de la Tunisie, l'Azur Palace Djerba 5* se trouve sur la plus grande île d'Afrique du Nord : Djerba. À quelques pas des plus belles plages de l'île et à une dizaine de minutes du centre-ville, vous bénéficierez d'un emplacement idéal.* À travers l'open space, Rim et moi nous sommes lancé des regards inquiets. Combien cette affaire allait-elle nous coûter ? En réponse, j'ai convoqué un déjeuner à trois au restaurant indien du coin. Un gros plat de riz masala a été déposé au milieu de la table. Devant mon visage contrit, Anna, qui semble ignorer son attraction-répulsion pour le luxe, s'est justifiée : « J'aime les hôtels qui ressemblent à des villes. Vous savez que j'aime aussi le béton. Et si c'est trop cher, je paierai les deux tiers, c'est pas un problème. »

Nous sommes parties le premier samedi des vacances de Noël de l'année 2014. À l'intérieur du terminal E de Roissy, nous étions ivres de liberté. Rim portait une banane dorée autour de la taille et un jogging large. Tout sentiment de relative vieillesse nous avait quittées. Tirer sur un même croissant caoutchouteux – comme sur un homme désarticulé – nous a fait rire. Heureuses d'être ensemble, accrochées par les coudes, nous sommes montées dans un avion Transavia, comme des triplées ayant gagné au loto. Pleines de café, de livres, de sacs en toile. Sans poussettes. Nous avons fait de grands sourires à l'équipage, qui nous les a bien rendus. Pendant le décollage et les premiers virages décisifs, j'ai accompagné l'appareil mentalement pour lui donner de la force. Puis, alors que s'éveillait l'abord des autoroutes du Val-d'Oise, je me suis endormie en regardant Rim prendre des photos de nuages en forme de moutons. Deux heures plus tard, la poésie s'était fait la malle, elle m'a secouée comme une fermière endormie. J'ai crié de surprise. Elle m'a regardée durement. Ma tête était tombée sur ma tablette, or « passé un certain âge, Armelle, anxiolytiques ou non, tout le monde sait qu'il faut la relever pour l'atterrissage ».

Jusqu'à ce jour, je n'avais fait que des hypothèses à propos de ce protocole aérien. Comme une hôtesse passait justement par là, encore embrumée et désinhibée par les médicaments, j'ai demandé des explications. Voici la seule information à retenir de ce trajet : cette règle n'est pas faite, comme je le pensais, pour éviter de nous broyer les côtes en cas de projection des corps en avant, mais pour réduire le temps d'évacuation de l'appareil en cas d'accident. Favoriser la fluidité d'un sauve-qui-peut général. À ces mots, mon sang n'a fait qu'un tour. « T'en connais, toi, des crashs qui se sont bien finis parce que les tablettes étaient relevées ? » ai-je demandé à Rim. Puis, en roue libre, donc me répondant à moi-même : *Bien sûr que non, c'est comme les bateaux gonflables en cas d'amerrissage là, un gros gros mythe.* Historiquement agacée par ma peur de l'avion, que je masque depuis peu derrière mes convictions environnementales, Rim a remis ses écouteurs.

À Djerba, nous avons été éblouies par la lumière du Sud. L'aéroport comportait une seule piste, un seul terminal. En marchant sur le tarmac, je me concentrais sur les indices visuels confirmant notre arrivée en Tunisie, et non pas dans un autre pays. À mi-chemin de la queue pour la douane, nous avons retiré nos pulls. À deux pas du guichet, Anna a sorti d'une poche nos trois fiches de séjour déjà renseignées au Bic, ce qui m'a fait penser que ça ne m'était jamais arrivé, de remplir de tels documents avec le crayon adéquat. J'ai eu envie de l'embrasser. Une fois nos valises récupérées, nous avons retiré la même somme d'argent, mille dinars tunisiens, avant de monter dans un taxi aux ceintures de sécurité momifiées. Impossible de mettre la mienne alors j'ai murmuré à l'oreille de Rim, d'un peu trop près, que j'avais peur d'un accident de la route et elle m'a regardée l'air de dire *mais dis donc, t'es vraiment une caricature de toi-même dans les transports.* Et aussi, *pense à me remercier, ça va bientôt faire trente ans que je me tape tes phobies.*

3

La statue du boulevard d'Inkermann

Mon amie d'enfance ressemble à une chanteuse de rock petite et musclée. L'écart entre ses dents de devant ne la complexe plus, la cicatrice de la taille d'une brindille qui coupe sa lèvre supérieure non plus. Ses yeux en amande sont couleur gris TGV, ce qui pourrait être beau. Elle a un visage structuré, l'oreille droite pointue et percée, des cheveux très noirs, un ventre plat et de larges côtes. Disons qu'elle descend d'Amy Whinehouse et de Béatrice Dalle. Socialement, elle joue la carte de la fille légère alors qu'elle est habitée par des courants sombres et artistiques. Au boulot, dans le même genre, elle passe son temps à camoufler son talent. Elle rédige ses chroniques musicales, vite fait, sur l'appli Google Doc de son téléphone. Considère, depuis toujours, ses employeurs comme des perroquets auxquels il suffit de jeter des graines. C'est d'elle que je tiens cette phrase : « un rendez-vous téléphonique et la journée est foutue ». Ce qu'elle aime, c'est composer de la musique dans son appartement biscornu de la Butte-Montmartre. Le dimanche, quand elle traîne derrière son clavier Yamaha, elle ne se pose pas cette question qui n'angoisse que moi : *Que pensera quelqu'un qui fouillera dans cent vingt ans les archives de notre journal ?* Les années avant Djerba, un gouffre patrimonial s'était installé entre elle et moi. Une scabreuse partie de Monopoly. Son salaire était absorbé par les concerts, tandis que je passais mes soirées devant de vieux films, sans rien dépenser. Mais notre amitié continuait. J'ai dormi des centaines de fois avec ses pieds sur mon visage et découvert l'aspect des organes génitaux masculins entre les cuisses de son père.

J'ai rencontré Rim à cinq ans dans le jardin privé d'une résidence moderne de Neuilly-sur-Seine, une riche banlieue de l'Ouest parisien. L'immeuble était situé boulevard d'Inkermann, du nom d'une bataille oubliée en Crimée engloutie. Une longue artère bordée de marronniers et perpendiculaire à un autre axe, le boulevard Bineau, qui draine toutes sortes de belles bagnoles allant très vite de Colombes à Paris en traversant l'île de la Jatte. De mon balcon du troisième étage au sol charbonneux et noir de poussière, sorte de grand débarras à ciel ouvert, encaissé entre des répliques fleuries et pimpantes, j'écoutais le bonheur des pigeons et je contemplais mon trésor. Un gros sac de marrons en décomposition. Le dimanche matin, si je me levais suffisamment tôt, j'apercevais Nicolas Sarkozy en train de faire son jogging au milieu de ses gardes du corps. Sur le trottoir d'en face, il s'arrêtait pile à mon niveau. Il s'aspergeait d'eau en secouant la tête comme dans la publicité du gel douche Fa. J'imitais le cri d'un bébé aigle, c'était l'intention théâtrale. Il tournait la tête vers moi. Je faisais semblant de déplacer des chaises sur mon balcon. Le message tacite était : tout le monde se fout que tu coures ici.

D'une forme géométrique non répertoriée, le hall de mon immeuble était délimité par des baies vitrées et décoré par des bacs de galets cimentés. Sur le sol en marbre à volutes grises, j'avais envie de glisser en chaussettes, mais la haine sans contraste du gardien pour les enfants m'en empêchait.

Le week-end de ma rencontre avec Rim, je jouais sur les rebords en pierre du jardin, c'est-à-dire que je me soumettais déjà à des idées phobiques impliquant ma mort ou celle de mes proches : *si tu tombes du muret, maman mourra dans la journée.* Comme il n'y avait pas de téléphone portable, ma mère fixait le vide quand un soir d'automne 1985, une femme et sa fille, toutes deux dotées de cheveux noirs et les yeux en amande, ont fait craquer les feuilles brunes de l'allée sous leurs chaussures. La mère de Rim portait une robe de soirée courte, bleu nuit. Ses mollets sentaient la cire orientale. Son visage était de la famille des oiseaux, ai-je pensé parce que c'était mon jeu du moment. En regardant entre ma mère et moi, elle a dit « bonjour bonjour ». Puis, en pointant du doigt un appartement sur la gauche, derrière une haie, elle a raconté que sa famille avait quitté la place de la République, la semaine précédente, pour venir s'installer ici, en rez-de-jardin. Rim s'accommodait mal du petit frère de trois mois qu'elle tenait pour responsable de ce déménagement, a-t-elle ajouté en essayant de nous faire rire. J'avais cinq ans, je ne connaissais pas la place de la République, ne l'avais sans doute jamais traversée, mais j'ai eu la certitude que le mot « déménagement » était faible et qu'il s'agissait plutôt d'une translation du monde des vivants vers le néant. Neuilly, des boulevards absents à eux-mêmes. Un univers sourd, une ville aux trop larges artères. De sa chambre cubique, mal isolée, Rim avait entendu mon filet de voix, déclaré qu'il était son salut et demandé à sa mère d'aller voir dehors. Bonne intuition : nous avions vingt-cinq jours d'écart en sa faveur et des familles dysfonctionnelles en partage. Nos mères ont fait connaissance sans exagérer. Elles se sont tenues bras croisés à un mètre l'une de l'autre. Cette première fois, devant les buissons taillés, je les imagine se plaindre de l'absence de commerces : « Même pas une boulangerie à moins d'un kilomètre ! » L'incarnation de l'adjectif résidentiel dans son acception la plus péjorative. Mais elles avaient choisi d'y vivre, donc c'est peu probable.

Ce jour-là, Rim et moi nous sommes liées d'amitié en jouant à la marelle sur les grosses dalles. Durant ce jeu, d'énormes efforts ont été faits de part et d'autre pour faire naître l'amour. Puis, nous nous sommes vues de plus en plus souvent et disons qu'à partir de mes sept ans plus un jour de mon enfance n'est passé sans la voir. Pour aller la retrouver, il me fallait pourtant du courage. À la sortie de mon appartement, je devais traverser un couloir sordide dont toutes les surfaces étaient couvertes d'une même moquette rouille. Sans fenêtre. Un lieu qui me donnait la sensation d'être enfermée dans une boîte à chaussures scellée par du scotch. Seules ouvertures vers l'extérieur : les judas des huit portes numérotées qui se faisaient face, quatre d'un côté et quatre de l'autre, comme si elles allaient entamer une danse macabre. Ce que je retiens de cette expérience : les judas relèvent d'un abus de pouvoir du peuple intérieur sur le peuple extérieur. Quand j'atteignais l'ascenseur du palier, d'être passée devant ces cyclopes, ma peur était hors de proportion. J'appuyais sur le bouton. J'attendais le corps aussi tendu que si une limace circulait sur ma joue. Au bout de trois minutes, je me résignais à pousser la porte coupe-feu qui menait à la cage d'escalier. Une excroissance de la cave, une colonne froide et résonnante où ma peur était entièrement renouvelée. Quand le battant claquait derrière moi, j'avais déjà tout descendu en courant. Au rez-de-chaussée, je poussais encore deux lourdes portes pour atteindre le couloir de Rim. Semblable au mien, mais plus petit. Sa version amputée. Chez elle, c'était l'appartement du fond.

Si je faisais ce chemin plusieurs fois par jour, c'était parce que j'aimais Rim et que ça n'allait pas fort chez moi. Le couple que formaient mes parents se portait si mal qu'il n'y avait de place pour rien d'autre intra-muros. Notre salon était décoré de tables gigognes en verre et de catalogues d'exposition. Pas un seul jouet par terre. Aucune trace de moi, nulle part. On ne regardait aucun film en famille – j'ai vu *La Grande Vadrouille* à trente ans et j'ai inventé, à cette occasion, l'échelle-Louis-de-Funès : plus l'âge de la rencontre avec l'acteur est avancé, moins la famille se porte bien. Les dîners étaient expédiés dans la cuisine. Je les dévorais. Je tenais ma fourchette comme une raquette de tennis, mais tout le monde s'en foutait. Un soir, mon père a raconté quelque chose. Ma mère a fait l'étonnée pour donner du relief à la conversation. S'est exclamée : « Oh non, c'est pas vrai ?! » Il a fait semblant de croire qu'elle mettait vraiment en doute ses propos et il a quitté la table en faisant tomber son tabouret réglable. Il a dit : « Ras le bol de ces dîners de merde. » J'étais mortifiée, mais d'accord avec lui : allez, oui, mettons-y un terme au plus vite. « Fraise ou abricot, le yaourt ? » m'a demandé ma mère en se retenant de pleurer. « Fraise », lui ai-je répondu, dépitée qu'on organise pas le divorce d'emblée.

Chaque nuit, la force du T3 réunissait dans un même espace les corps réticents de mes parents. Leur chambre, ce qu'il pouvait s'y passer comme drame nocturne, m'inquiétait au plus haut point, mais comme le reste de la maison m'inquiétait davantage, je finissais toujours par aller m'allonger devant leur porte. Installée là, au fond de l'appartement, portant plusieurs pyjamas l'un sur l'autre pour compliquer la tâche d'un éventuel violeur, j'examinais l'enfilade des pièces obscures : qui supporte la vue d'une telle mise en abyme est fort psychologiquement. J'ouvrais leur battant millimètre par millimètre. J'avançais à plat ventre aussi doucement et sûrement que la fonte des glaciers. Au pied du lit côté maternel, je m'endormais en espérant ne pas ressembler plus tard à ce que ce couple faisait d'eux. C'est-à-dire : n'être ni une victime, désacralisée, à terre, ni un bourreau n'écoutant que sa propre voix. Je me trouvais dans une grande solitude identificatoire, prise entre deux anti-modèles, et deux heures plus tard, j'étais surtout repérée. Quand elle me reconduisait dans mon lit, ma mère restait près de moi le temps qu'il fallait pour me sortir de l'effroi. Des caresses sans fin de l'index sur mon bras. On parle ici de la patience suffisante du parent suffisant. Dès l'aube, mon père emplissait les pièces de jazz, ce qui empêchait toute forme de conversation. Je me levais du lit et bougeais mes petits doigts de pied au rythme de la batterie. Je me souviens d'avoir pensé que mon père ne tiendrait pas debout sans cette musique. Qu'elle était sa substance même, ce qui lui tenait lieu de vie intérieure. C'était la situation à la maison.

Mais à l'extérieur, tout allait aussi très mal, principalement à cause de Jacadi. Alors que les filles de mon école portaient des robes à smocks et des collants en laine, mes vêtements à moi venaient en partie d'un magasin discount du 19e arrondissement. Le magasin s'appelait Fabio Lucci. Une franchise connue dans le nord de Paris pour ses casseroles et ses multiprises. Le hard discount, pourquoi pas, mais j'habitais une banlieue riche où les filles passaient leurs week-ends au Paris Country Club. En m'habillant ainsi, comme s'il ne s'agissait que de me protéger du froid, on faisait de moi une fillette en fausse difficulté financière, ce qui m'empêchait tout ralliement social. En y réfléchissant, peut-être que l'argent permettait à ma mère de rester debout dans un univers sans tendresse. Comme l'histoire du masque à oxygène en avion qu'on met en priorité sur soi. Ou l'histoire du petit-déjeuner qu'on prend avant de faire celui de ses enfants (je fais ça, j'avoue). Son café avant tout le reste. Mieux valait qu'elle ne s'effondre pas, donc elle a bien fait. C'est en tout cas d'un de ces bacs à cinq euros que sont sortis le haut puis le bas de mon survêtement de sport violet. Question dans la cour d'école : « T'as fait ton jogging avec Michel Polnareff ce matin ? »

Mais le problème vestimentaire ne s'arrêtait pas là. Car sous cet ensemble synthétique mauve de Power Ranger égaré à Neuilly-sur-Seine, ma culotte était trouée ou serrée ou les deux en même temps – aujourd'hui encore, quand j'en porte une normale, soit quasiment tous les jours, j'ai l'impression d'avoir des pouvoirs magiques. En classe verte, quand venait l'heure de distribuer le linge non étiqueté (tous mes vêtements) et qu'une animatrice secouait en l'air l'un de mes slips en disant « à qui ça ? », j'inspectais la ligne de vie de mes semelles au microscope. Un soir, nous étions tous assis devant la fille qui faisait défiler les vêtements. J'étais derrière et, à l'avant, il y avait un garçon qui me plaisait. J'avais peur de ce qui allait sortir du sac de linge. Soudain, ma camarade de chambre m'a donné un coup de coude : « Elle est pas à toi cette culotte ? » J'aurais pu la tuer. « À moi ça ? Haha. Non mais tu rigoles ! » Elle a insisté : « Mais si enfin. Regarde les cerises ! » Comment cette connasse distinguait-elle les motifs d'un tissu ayant l'air d'avoir passé un siècle sous terre ? Le groupe commençait à rire : « Hé mais c'est un chiffon ça, madame ! » L'animatrice tenait du bout des doigts le tissu distendu, décoloré, dont les coutures allaient lâcher. Bientôt, on ne pourrait plus que l'apposer sur l'entrejambe et espérer qu'il ne ressortirait pas par une jambe du pantalon. Ou s'en servir pour essuyer du jus d'orange tombé par terre. « Attention, si personne ne se manifeste, je la mets à la poubelle, ce ne sera pas une grande perte ! » Bah, vas-y, oui. À cause de cette difficulté à assumer mon linge, mes tiroirs se vidaient tout au long du séjour.

Il n'y avait aucun répit puisque en fin de CM1 mon école avait organisé une kermesse sur le thème rebattu de l'océan. Il était 16 h 30, mais la cour de récréation était éclairée comme à la mi-journée. Le soleil tapait sur le crâne des parents tenant des stands (qui sont ces adultes qui se dévouent, quelle hormone en eux que je n'ai pas ?). Les unes après les autres, les filles sont arrivées déguisées en sirènes et l'une d'entre elles, magnifique, délicate, avait ses cheveux blonds ondulés retenus par un diadème en diamants et une queue de poisson à paillettes noires. Le sourire large de Julia Roberts. C'était logique, les sirènes. La seule qui sortait du lot était habillée en plagiste façon Jacques Tati (la bonne ligne à mon avis ; elle a d'ailleurs bien évolué après). Et moi, là-dessus, je suis arrivée déguisée en filet de pêche. Une robe en crépon bleu représentant la mer. Informe, longue, raclant le sol comme la marée, avec sur le devant un cordage auquel ma grand-mère avait accroché des milliers de coquillages. Quand je marchais, ils tintaient. Quand je courais, je produisais le bruit d'une marmite de moules renversées dans un plat. Pour ne rien arranger, j'étais ronde puisque à cette époque je trempais des sandwichs de camembert dans du Nesquick à chaque goûter. J'étais un filet de pêche en surpoids. Une allégorie de la pêche intensive.

Après ces déconvenues, j'allais me recroqueviller chez Rim qui avait les mêmes problèmes que moi à l'école privée du quartier, mais qui s'en plaignait moins. Sa seule amie avait une tête carrée. Olivia Moufous possédait deux dobermans, elle portait des bagues vert fluo et crachait sur les croix des pupitres. Olivia et Rim faisaient dix heures par semaine de hockey sur glace. Donc, pour résumer, Rim, Olivia et moi étions des *freaks* de Neuilly. Niveau maximum de harcelabilité. Sur la photo de CM1, je ne souris pas. J'ai une expression de taularde et mes doigts couverts d'encre sont posés sur l'épaule d'une élève qui, je le sais pourtant, m'accueille de force chez elle le mercredi après-midi parce que nos mères se sont mises d'accord en début d'année. Sur cette image, ma main bleue s'accroche à son pull jaune. L'enfant grimace de dépit. Sa bouche se tord et cela forme un trou de contrariété à l'intérieur de sa joue. J'ai contrarié des gens depuis, mais jamais autant. Le jour où la photo a été distribuée, la fille s'est déchaînée contre moi. J'ai compris ses raisons.

Côté Rim, la situation familiale était tout aussi désespérée. Son père, qui travaillait à Bercy, avait été élevé dans l'idée qu'une vie masculine est réussie tant qu'aucune éponge n'a été touchée. (Jeune étudiant, c'était la blague, il avait carrément abandonné une cuisine derrière lui : il ne l'avait plus nettoyée, l'avait laissée s'enfoncer dans l'horreur, puis il avait placé un meuble devant la porte pour oublier son existence.) Tous les jeudis soir, il mangeait des huîtres avec ses collègues à la Coupole. C'était l'époque des costumes et des mallettes pour tous. Après le dîner, on ne sait pas où ils allaient, mais Jean-Jacques rentrait l'œil aussi flou que les mollusques qu'il digérait. Le matin, il arrivait qu'on retrouve la salle de bains dévastée comme si une piñata de produits de pharmacie avait cédé durant la nuit. Le bouchon du dentifrice dans la baignoire, du fil dentaire dans les toilettes, etc. Surnommé Jiji, Jean-Jacques avait la tête de Claude Brasseur, et chaque dimanche, agacé par nos bruits d'enfants, il faisait mine de reprendre notre éducation en main. Alors voilà : à table, disait-il, il fallait laisser les adultes se servir en premier, quitte à terminer avec du blanc de poulet dans son assiette (et assécher sa cavité buccale pour la vie). Ces pendules remises à l'heure, il allumait le JT pour ne pas avoir à nous parler de son travail au ministère, auquel personne ne comprenait rien de toute façon. Dans les années 80, folie du secteur tertiaire, l'emploi était prolifique, douteux, sans objet. Mes parents à moi travaillaient dans le médiaplanning.

Quant à la mère de Rim, elle était tout bonnement anormale. Entre autres bizarreries, elle avait changé de prénom à vingt ans, était passée d'Estelle à Emmanuelle, sans rien dire, comme si, avant cela, tout le monde avait mal compris. Elle était aussi allongée que sa fille était compacte. Ses sourcils étaient dessinés au crayon rouge. Sa qualité : la conduite précise d'une Autobianchi. Ses défauts : tout le reste. Son principal problème, c'était qu'elle confondait en permanence le corps de Rim et le sien. Sa fille n'était pas un individu à part entière, mais un membre détaché, de la chair égarée, une province sous tutelle. L'existence de mon amie ne l'intéressait que dans la mesure où elle valorisait son image. Image qu'elle-même sublimait grâce à des mensonges proférés sans limite devant Rim et moi. Par exemple, bien qu'elle dirigeât une simple agence de voyages près de la mairie de Neuilly, à côté d'un Point Soleil, elle prétendait côtoyer de grands hommes politiques. Le soir, à travers la porte entrouverte de la salle de bains, elle nous relatait ses coups de fil avec des chefs d'État. En se savonnant les bras, elle divulguait le numéro de vol pour Hawaï, réservé la veille, pour Bill Clinton et sa maîtresse (découverte ici de la sensualité des codes alphanumériques susurrés, « AA423 »). Nous savions que c'était faux. Les corps le savent. Mais nous ne réalisions pas encore ce qu'implique ce statut de spectatrices initiées. L'enfant qui a compris que son parent délire conserve une prise solide avec le réel, mais tout ce qu'il entend doit dès lors être vérifié intérieurement. Il devient un être à l'écoute active, ce qui le sépare du monde. Dans *Mother* de Luc Lang, le narrateur refuse le danger qui consiste à croire aux rêves éveillés de sa mère. Il se cabre, s'arc-boute, se change en pierre. Plutôt que de prendre le risque d'être emporté « jusqu'au tréfonds de la nuit des temps ».

Sortie de son bain brûlant, Emmanuelle regardait *Droopy* enroulée dans une serviette. Installée comme ça, sur le canapé du salon, un paquet de Prince sur le ventre, elle semblait de retour à l'âge auquel quelque chose avait fait fausse route. Une fois, nous l'avons vue se marrer devant les images d'un enfant trisomique qui témoignait de ses difficultés scolaires au journal de 20 heures. Elle se mordait la main de rire. C'est mon souvenir d'elle le plus glaçant. Bien plus tard, quand j'ai lu sur les conseils d'Anna *Le Président Schreber (un cas de paranoïa)* de Freud, je me suis retenue d'envoyer des captures d'écran de certains passages à Rim parce qu'on ne sait jamais ce qu'un SMS vient interrompre. Le sens d'un texto dépend entièrement de l'humeur du destinataire. J'ai finalement attendu de la voir pour lui dire qu'on associe à tort la paranoïa au délire de persécution, qui n'est qu'une de ses manifestations extrêmes. Car le « caractère paranoïaque » se reconnaît avant tout au fait que la libido n'est utilisée qu'à se faire grandir soi-même. Selon le psychiatre Georges Lantéri-Laura, cette pathologie se caractérise par l'orgueil (une modestie feinte), la méfiance (ou susceptibilité démesurée), la fausseté du jugement (sur la base de notions sélectionnées) et l'inadaptation sociale (l'hétéro-agressivité). C'est un défaut de structure qui provoque la projection de sa souffrance sur les autres, leurs pseudo-méfaits. Le délire n'est pas spectaculaire, il est une option rhétorique. Une surcouche dans la conversation. Tous les jours, le corps expulse une haine qui vise l'entourage, mais en épargne certains pour faire jouer les contrastes. Au déjeuner, Rim n'a écouté que d'une oreille. La psychologie ne l'intéresse pas.

*

Ce matin du 23 mai, j'allume ma lampe de chevet. Je glisse une main sous mon lit et j'attrape la vieille boîte de Doc Martens dans laquelle je stocke mes photos d'enfance. Je la pose sur moi. Je cherche l'image que j'ai envie de revoir. Rim, sa mère et moi sommes à l'arrivée d'un télésiège, sous un ciel bleu. Mon amie et moi posons de profil, nos bras en forme de Z. C'est une pose égyptienne. Nous avons huit ans. Au premier plan, dans une combinaison jaune cintrée, les solaires remontées sur sa tête, Emmanuelle se gondole comme si Charlie Chaplin fonçait sur elle en chasse-neige alors qu'il n'y a rien devant elle, juste la vallée qui renvoie son rire en écho.

*

Au milieu de ces deux naufrages familiaux, on ne pouvait finalement compter que sur la tante paternelle de Rim, que j'adorais parce qu'elle nous laissait enchaîner les dessins animés jusqu'à ce que nos yeux se révulsent. Karine était physicienne, narcoleptique et esthétiquement proche de Roselyne Bachelot. Sa formation scientifique la rendait capable de faire de très grandes racines carrées de tête, mais son handicap la conduisait à s'endormir tout le temps et partout, même en plein repas. Ces siestes nous permettaient de dîner plusieurs fois. (À cette époque, Rim et moi étions si insatiables qu'il nous arrivait de nous lever la nuit pour terminer des restes de pâtes froides.)

L'été de nos dix ans. Il était 21 heures et nous buvions à la paille des Candy'Up au chocolat dans la cuisine. Tout à coup, Rim m'a dit : « Grimpons sur la statue. » Je savais qu'elle parlait du duc d'Orléans et de son pur-sang, tous deux en bronze, qui montaient la garde à la fin du boulevard d'Inkermann. Rim a jugé qu'il nous faudrait une chaise pour atteindre le bassin du cheval. Nous avons bêtement opté pour un fauteuil Louis XVI aux accoudoirs sculptés et glissants. Rétrospectivement incompréhensible. On l'a saisi à l'horizontale. Je pestais intérieurement d'être du côté du dossier (mais n'aurais pas aimé le côté des pieds non plus). Karine était endormie contre le piano, carrément par terre. Le gardien n'était pas dans sa loge. La voie était libre. Cinq cents mètres à faire dans la rue et nous les avons faits. Grâce au siège, Rim s'est hissée sans difficulté sur la croupe. Sa force physique, une nouvelle fois démontrée. Je suis montée à mon tour sur le fauteuil, mais je n'ai pas réussi à me hisser sur la selle. Rim m'a tiré sur le bras, ce qui a définitivement abîmé mon coude (je sens encore une gêne les jours de pluie). Finalement, j'ai mis un pied sur la queue en pierre du cheval, donné un grand coup et ça a fini par marcher pour moi aussi. À 21 h 30, j'étais derrière elle. Nous étions en selle et la lumière du soir diminuait imperceptiblement. J'ai enlevé mes chaussures pour la sensation de liberté. Rim a mimé le bruit d'un cheval au pas, en claquant la langue. Des morceaux de fleurs volaient au-dessus d'elle. Rim a posé les mains sur les épaules du duc et l'a assuré de notre détermination. *Cavalier, nous sommes tes filles et nous partons avec toi parce qu'ici c'est nul.* Il a accéléré. Les hanches du cheval se réchauffaient sous mes cuisses. Elles les écartaient trop, mais j'essayais de ne pas y penser. On serait bientôt au galop. Je tenais Rim par la taille, je la serrais fort, ce qu'elle semblait tolérer. La veste en pierre du cavalier était froissée. Le cheval s'est élancé et, juste au moment où je me suis dit que mes cheveux allaient se soulever et qu'elle allait vraiment décoller, cette bête, et atterrir dans un pays sans couloir ni judas, une vieille dame s'est écriée : « Non mais ça va pas ! Qu'est-ce que vous faites là ? Descendez ou j'appelle la police municipale. Filles de la rue ! » Puis elle a appelé son mari qui marchait devant elle : « Pierre ! Pierre, regarde-moi ces deux petites vandales ! » Après avoir jeté un œil pardessus son épaule, Pierre n'a pas jugé bon de s'arrêter. Plantée là avec sa désapprobation, la dame a fait le manchot : ses bras tapaient les deux côtés de son manteau de fourrure. Puis notre jeunesse, notre air catastrophé et notre précipitation à descendre du cheval ont fini par la désamorcer. Après un dernier coup de menton, elle s'est détournée et elle a couru après son mari. J'ai pensé : *À partir d'un certain âge, on ne s'autorise plus à monter sur les statues équestres, mais alors à quoi servent-elles ?* Au retour, nos chaussures terreuses ont dégueulassé le marbre du hall. Le fauteuil, que nous n'avions plus la force de soulever, l'a rayé à plusieurs endroits. Pendant des mois après ça, le gardien semblait retenir une pulsion d'étranglement chaque fois qu'il nous croisait. Il n'avait aucune preuve que ce soit nous.

4

La djellaba

Sur le chemin de l'hôtel tunisien, j'ai songé à mes enfants qui grimperont sur du mobilier urbain si je les laisse circuler seuls dans Paris, ce qui n'a pas été décidé. J'ai imaginé leurs vacances froides. *Qu'allaient-ils penser, quand ils seront en âge d'en penser quelque chose, de cette semaine de Noël passée au soleil sans eux ? Allaient-ils m'en vouloir ou me féliciter ?* Le taxi allait trop vite, et le silence, déjà imprégné par ce non-dit, s'est encore alourdi quand la radio orientale s'est mise à diffuser *J'étais sur la route* de Gérald de Palmas. *Pourquoi ce morceau comme si nous étions dans un Carrefour Market ?* Cette question montait à l'arrière de la voiture, et le regard effaré de Rim, la plus sensible aux incongruités sonores (bien que nous soyons effectivement sur une route), m'a secouée de rire. Je ne lâchais plus ses yeux qui sautaient d'un flamant rose à un autre. Ces oiseaux longilignes et immobiles étaient plantés dans l'eau, à deux pas de la chaussée, tout le long de la route. « Y a pas mille solutions. Ils dorment ou ils boivent », a dit Anna. « En tout cas, ils vivent en harmonie », ai-je dit en me promettant de googler au plus vite bataille + flamants + roses.

Devant le portail impérial de l'Azur, nos identités ont été vérifiées, d'abord par un jeune garçon portant une casquette Nike jaune fluo, puis par un vieux monsieur au regard identique mais vêtu d'une chemise moutarde de sa génération. Connu pour son buffet cachère et une clientèle à kippa, l'hôtel est particulièrement sécurisé. Dans le lobby embouteillé par des chariots dorés, une hauteur sous plafond ahurissante. Facilement dix mètres dont je pouvais voir qu'ils ravissaient intérieurement Anna. Avant de nous conduire à notre chambre, la réceptionniste a voulu nous faire visiter le spa baptisé Blue Ocean Institute. Sorte de palais à l'intérieur du palais. Comme si ses bras lançaient des cordes de marin, elle ouvrait brutalement les cabines de massage les unes après les autres, nous obligeant à formuler un commentaire à chaque fois. Elle a ensuite tenu à nous montrer une piscine chauffée en forme de mare, sous une verrière. Nous avons patiemment enjambé les bouées colorées derrière elle. Je sniffais l'odeur du chlore, Anna a crocheté son bras dans le mien.

— Aucun intérêt, ces piscines chauffées. Tu connais l'histoire de la grenouille dans l'eau bouillante ?

— Bien sûr. J'y pense dès que je prends un bain.

— T'as peur de cuire ?

— Oui, c'est ça.

— L'eau froide a meilleure réputation, a-t-elle dit en posant le regard sur la piscine.

— Pourtant, c'est très dangereux aussi. Le sang quitte

les extrémités pour le centre du corps. Et pouf, arrêt cardiaque.

— Tu crois qu'on survit combien de temps l'hiver, dans une mer bretonne ?

— Avec les courants, pas plus de dix minutes.

*

Trois ans plus tard, Rim tenterait d'une certaine manière de répondre à la question d'Anna, et me souvenir aujourd'hui de cet échange me donne la sensation que tout s'est décidé à Djerba, devant ce chaudron turquoise. Tout allait au mieux pour nous (chorégraphie, exécution parfaite : travail, couple, enfants), sauf que ce voyage en Tunisie signait le retour de nos égoïsmes dissous dans la maternité. On tremblait d'avoir d'autres vies. C'était le retour du Grand Soi au détriment de la famille. Péché d'orgueil, d'individualisme, un compte à rebours punitif s'était peut-être déclenché devant le comptoir en bois laqué du spa cinq étoiles de l'Azur. Ce 23 mai, le silence de ma chambre me rend irrationnelle. La lampe de chevet me donne mal à la tête. Je sais bien, pourtant, qu'un accident dépend de dix mille circonstances.

*

À l'intérieur de la piscine chauffée barbotaient plusieurs femmes pourvues de ces maillots de bain Eres aux bords dentelés. Parmi elles, une blond cendré, que j'avais repérée au *check-in* parce qu'elle tutoyait le personnel. Devant un groupe d'employées, je l'avais entendue dire que son mari et ses enfants lui avaient avoué à la dernière minute préférer rester à Genève. Elle comprenait leur ras-le-bol : cela faisait vingt ans qu'ils passaient Noël ici. Mais elle sortait d'une grave dépression soignée par des électrochocs, et changer son rythme à elle lui avait semblé trop risqué. Être ici lui rappelait de bons souvenirs et pour cette semaine elle s'était fait un « programme d'enfer ». Des massages et des bouquins. « J'aurais jamais dû arrêter de travailler à trente ans », a-t-elle ajouté sans que personne relève. Dans l'eau, elle portait de petites lunettes de natation roses et elle faisait le ciseau avec ses grandes jambes. Plus loin, sur des transats, des ados avec des cheveux longs, des casquettes, des jambes, des iPhone, n'ayant pas l'air prêts à relever le défi du réchauffement climatique.

Dans cet immense hôtel, les ascenseurs étaient algorithmiques (on appuyait sur l'étage voulu et on attendait que s'ouvre la cabine la mieux positionnée pour nous y amener) et les chambres disposées autour d'un espace vide et ovale – comme un puits – recouvert d'un dôme transparent. On ne le voyait pas, mais on le comprenait au bruit, cette zone centrale servait de volière à de minuscules oiseaux qui passaient leur vie à esquiver trois gros arbres tropicaux. Au dernier étage, le carrelage de notre suite était glacé comme l'eau bretonne que nous venions d'évoquer. Elle se composait de deux appartements reliés par une porte en manguier comprenant chacun une chambre, un salon et une salle de bains avec une baignoire-jacuzzi sans mode d'emploi (j'ai appris que dans ces cas-là il faut laisser tomber). Au pied de la suite s'étendait la plage privée de l'hôtel au sable blanc et aux palmiers penchés. Elle était belle, mais, en bonnes névrosées que nous étions, nos pensées ne s'arrêtaient pas là. Sur le balcon, Anna a demandé à mi-voix si ce littoral voyait débarquer des migrants de Libye. Et si c'était le cas, dans quelles conditions. Personne n'a rien dit : il aurait fallu y songer avant. Rim a lancé que, « mine de rien », le vent était frais et qu'elle regrettait de ne pas avoir pris son clavier, ce que personne n'a relevé non plus. Et moi, je scannais la plage en me remémorant un attentat ayant eu lieu un an plus tôt plus au nord. Un djihadiste déguisé en vacancier avait sorti une kalachnikov d'un faux parasol. Persuadée que je suis de pouvoir reconnaître les terroristes de loin, y compris ceux qui font en sorte de ne pas y ressembler, le risque était que je me mette à guetter sans cesse. En refermant derrière moi la porte-fenêtre du balcon, j'ai proposé qu'on commande des fruits et des yaourts. Dix minutes plus tard, une corbeille de pêches et trois grandes cloches en métal abritant chacune un yaourt industriel ont passé la porte, suivies d'une vieille dame en uniforme, elle-même talonnée par un chariot doré rempli de valises poussé par un jeune homme sans casquette. Anna a donné un billet à l'un et à l'autre avec l'air préoccupé de ceux qui ne connaissent pas les usages. Elle a sorti un Coca du minibar et un paquet de bonbons de sa valise. Quand la porte s'est refermée, nous nous sommes changées et chacune de nous a aperçu la nudité des deux autres dans ses angles morts.

Nous avons ensuite quitté la chambre et dévalé un escalier intérieur permettant d'atteindre la plage sans repasser par le hall. Une serviette, un pull et un livre à la main, comme dans un Sagan. Rim portait un chignon noir sur une robe rouge sang. Béatrice Dalle, dans *37°2 le matin*. Des mollets et des bras sculptés. Un bracelet à la cheville. Corps de trapéziste, va. La poitrine d'Anna était comprimée dans un body tournesol, porté sous une jupe longue. J'avais un débardeur noir, une salopette en jean et des taches de rousseur commençaient à recouvrir mes avant-bras. J'avais douze ans de nouveau. En marchant sur le sable, j'ai pensé que nous n'étions pas trop mal. Nous avions bien résisté à quelques décennies de soleil ; la peau de nos visages ne s'était pas froissée. Mais j'ai aussi remarqué que personne d'autre ne s'en rendait compte. On aurait pu nous retirer de la plage comme un sticker mal collé, aucune protestation n'aurait eu lieu. Un quadragénaire aux fesses dures, allongé sur le ventre, pas mal, genre Gilles Lelouche grisonnant, à moitié caché sous un bob Ricard, fixait une jolie fille assise au bord de l'eau. La mer recouvrait ses jambes sans provoquer le moindre frémissement. Cette eau-là, en ai-je déduit, est inoffensive.

Au bout d'une heure, le soleil a passé une ligne basse dans le ciel, Anna a refermé son livre pour le poser sur son ventre et j'ai compris qu'il allait falloir bouger mon ossature bretonne. Le temps d'étirer ses bras, de s'asseoir en tailleur sur son transat et elle a proposé d'un ton enjoué qu'on aille visiter Midoun. Tout de suite. Silence. J'ai repensé à la description de l'hôtel. *L'emplacement idéal* près du centre-ville qui revenait en boomerang dans la face des gens. Moi, j'aurais pu rester cent jours comme ça, tranquille sur cette plage générique, dans cette image de fond d'écran, mais je ne trouvais aucune bonne manière de le dire. Sous son regard qui signifiait *manques-tu à ce point de curiosité ?*, j'ai moi aussi refermé mon livre en formulant dans ma tête : *c'est quand même la confrontation permanente des volontés, ces vacances.* En face de nous, des nuages arrivaient ou repartaient, c'était difficile à dire, mais le temps n'était plus tout à fait fiable. Contente à l'idée de mettre fin à cette grande inactivité, Rim s'est levée d'un bond et a enfilé son pull. « Mollo », a dit Anna comme une vieille dame, elle allait regarder comment louer une voiture. J'ai cru à une heure de répit. Faudrait au minimum qu'elle aille chercher son passeport dans la chambre, qu'elle le trouve, qu'elle redescende et décroche les bons interlocuteurs. Mais dix minutes plus tard, alors que Rim faisait des étirements, me renvoyant l'image d'une moule posée sur une grille de fer, Anna était déjà de retour pour nous parler d'une Clio blanche devant l'hôtel. *Allez, c'est parti.* J'ai ravalé mon désespoir en pensant à une pièce de Marivaux (*Les Sincères*). Le théâtre de Marivaux n'est que ruses et dissimulation, mais qu'advient-il quand le parti est pris d'une sincérité absolue ? Quand Ergaste, persuadé d'être apprécié pour sa franchise, dit à la marquise qui le questionne sur une autre femme : « L'essentiel est que je vous aime autant que je l'aimais » ? Le désastre.

Dans le lobby tentaculaire, nous avons retrouvé notre chemin grâce à une table de billard français aperçue à notre arrivée. Un quart d'heure plus tard, Anna s'est garée d'une seule main derrière un camion rempli de morceaux de viande pendus. Elle a appris à conduire dans les lacets de montagne ; les créneaux à l'étranger sont pour elle un jeu d'enfant. À Midoun, le sable nous a piqué les yeux. Nous avons circulé au hasard des rues et j'ai évalué le risque de terminer ensevelies par une tempête de sable et momifiées dans ce cliché touristique.

À l'intérieur d'une boutique, le regard d'Anna a brièvement circulé sur des cendriers en terre cuite avant d'atterrir sur une djellaba qui avait l'air d'être franchement artisanale, c'est-à-dire d'avoir vraiment été fabriquée dans les terres reculées du désert tunisien. Une robe noire avec des feux d'artifice colorés brodés le long du col. Un vêtement compliqué à porter à Paris sauf pour aller acheter des clopes, un jour de solitude. Mais Dieu seul sait ce qu'il se passe chez les êtres humains qui entrent dans les magasins de souvenirs. Une immense volonté d'adhésion. Elle a fouillé l'intérieur du vêtement pour trouver l'étiquette, un bout de carton si minuscule qu'il était difficile à saisir. N'arrivant pas à déchiffrer le prix écrit au crayon à papier, elle s'est plantée devant le vendeur avec un sourire colonial qui disait *finissez d'abord ce que vous êtes en train de faire, j'attends, bien sûr.* Elle a attendu qu'il termine de plier une grande nappe tissée. Puis, quand son regard l'a invitée à parler, elle a demandé si ce qu'elle pensait lire sur le carton était bien le prix. Alors. Alors, l'homme d'une trentaine d'années a plissé les yeux au point qu'elle n'a plus vu sa cornée. Il semblait puiser dans une réserve intérieure stratégique. Il a hoché la tête pour dire *oui oui c'est ça, le chiffre que vous venez de dire, c'est le prix, tout à fait,* mais ses pupilles ne revenaient pas au grand jour. Un silence de duellistes s'est installé entre eux. Puis, l'entrée d'un autre client dans le magasin a comme réveillé le vendeur qui s'est mis à marchander. À ce stade, Anna avait compris. Elle savait que ce qu'elle négociait était le numéro de série de la robe, et non pas le prix, mais elle était coincée pour une raison très simple : le montant débattu n'aurait rien eu d'insensé en France et le contester l'aurait révélée à elle-même, telle qu'elle était devenue. Une horrible vacancière qui claque son argent au soleil. Faire une scène pour ça : le ridicule intersidéral. L'entrée dans les annales du monde néolibéral. Elle nous a retrouvées près de l'entrée de la boutique et, au lieu de se joindre à notre conversation sur le crash Rio-Paris de 2009 (j'avais récemment relu le rapport du BEA dont je résumais les conclusions à Rim qui s'en foutait), Anna a jeté un regard derrière le rideau entrouvert donnant sur l'arrière-boutique. Ce qu'elle a vu l'a alors foudroyée : cent exemplaires sous plastique de sa djellaba dans un grand tiroir ouvert à trois centimètres du sol et le vendeur qui montrait l'intérieur de ce tiroir à deux amis qui tremblaient de rire. Le spectacle de sa crédulité, total. Rim, qui était passée à côté de l'achat, a compris qu'il se tramait quelque chose. Ses yeux sont allés plusieurs fois du sac d'Anna à l'arrière-boutique.

— Quel est le problème ? Dis-nous, c'est plus simple. Tu vas plus vouloir remettre les pieds ici sinon.

Les joues rouges, Anna lui a raconté, « mais ça va, c'est rien, on emmerde personne avec ça, je suis juste une caricature ». Je lui ai dit : « C'est pas grave. Ça nous apprendra à pratiquer un tourisme des années 90. » Rim s'est avancée vers le rideau entrouvert et l'a tiré d'un petit coup sec. Devant le groupe de moqueurs, j'ai cru qu'elle allait faire un truc spectaculaire, genre son salto arrière, mais elle s'est adressée au vendeur :

— Bonjour ! J'ai une question. Est-ce que vous trouvez mon amie ridicule ?

— Non, a-t-il dit, mais c'est pas une femme d'affaires !

Les deux hommes qui riaient ont toussé.

— Et c'est bien ça ou pas, de pas être une femme d'affaires ? a demandé Rim avec la grammaire d'une fin de repas arrosé.

— C'est bien, il a dit. Mais oui, c'est bien !

Là-dessus, le type s'est approché d'Anna. Il a regardé à l'intérieur de ses yeux et il lui a secoué les épaules.

— Mais oui, bien sûr que c'est bien ! Les gens comme vous, ça fait des histoires à raconter aux enfants. Qu'est-ce que tu crois ? Je ne t'oublierai jamais ! Tous les clients de ce matin sont sortis de ma mémoire. Pas toi !

— Et on est bien dans ta mémoire ? elle a demandé.

— Très confortable, oui.

À cette réponse j'ai compris que le séjour était sauvé dans la tête d'Anna. Ravi de cette histoire de djellaba payée le prix d'une nuit d'hôtel, le vendeur prénommé Jalil nous a offert du thé, trois jolis foulards rouges et une vingtaine de sachets remplis d'épices. En retournant à la voiture, j'ai senti une tension de fin de journée envahir mes mains. La fatigue du voyage depuis Paris, sans doute.

— C'est quoi déjà C ? Rim, c'est quoi ?

Sur chaque pochette, Jalil avait tracé une lettre au feutre rouge.

— Je ne sais pas. Curcuma sans doute.

— Et P, putain, c'est quoi P ?

— Je sais pas Armelle, t'auras qu'à goûter !

À un mètre de la voiture, quand Anna m'a demandé si je préférais mettre les sachets dans le coffre ou les garder sur mes genoux, je me suis figée sur place. L'odeur du curry me faisait tourner la tête. Personne ne sait moins bien cuisiner que moi. Les casseroles ont toujours l'air de se moquer de mes intentions. Ce que je voulais faire de ces épices, c'était m'en débarrasser. L'absurdité de monter avec dans cette voiture, de les poser quelque part à l'hôtel, de les prendre avec moi dans l'avion, la navette, le métro puis de les conserver toute une vie dans un placard m'a saisie. J'ai senti monter en moi un rire fou – m'obligeant à m'accroupir pour ne pas me pisser dessus. Je riais tellement fort, en disant « je les mangerai jamais » ou plutôt en essayant de le dire, qu'Anna s'est mise à se marrer aussi et à taper du poing sur le toit de la Clio. Assise à l'arrière, seule Rim échappait à la crise générale. Heureuse de sa pochette de harissa et des aventures au soleil, elle chantait *Ella, elle l'a* de France Gall. *Hou hou houhou Hou houhou.*

Une fois calmée et installée dans la voiture, je me suis souvenue que Rim avait été conçue en 1979 sous une tente marocaine lors du voyage de noces de ses parents. J'ai pensé à son prénom, un mot arabe qui signifie « antilope » ou « gazelle », je ne sais jamais, je ne sais même pas s'il y a une différence, et que sa mère a choisi en hommage à ce séjour passionnel dans le désert. Pour la première fois, je me suis dit que malgré ses dents écartées sa place naturelle n'était pas à Piccadilly Circus, mais au sommet de ces dunes. Quelque chose existait en elle qui ne se voyait pas. Son lieu de conception et ses goûts tenaient des réunions secrètes. J'ai manipulé le rétroviseur pour mieux la voir, elle m'a regardée avec son air d'aînée qui sait bien qu'Armelle signifie « ours » en breton, que je suis pataude, bigleuse, que je n'ai aucun goût et que mon estomac ne supporte que les patates. Quand Anna a démarré, j'ai dit « sympa Midoun finalement, mais dense » et j'ai proposé qu'on ne bouge pas de l'hôtel le lendemain.

5

Bouvarde et Pécuchette

J'ai rencontré Anna à la sortie de mon école de journalisme, en juillet 2008. C'était mon premier boulot, un CDD dans un journal féminin. Deux ans plus tard, nous serions débauchées en même temps par *Arts*, le magazine culturel où notre trio s'est formé. Mais en attendant, nous bossions au fin fond d'Asnières dans une ancienne usine constituée de grands plateaux en béton et de vitres d'atelier très chaudes à la mi-journée. Tout juste séparée d'un garçon parti vivre à Oman, je vivais dans un studio place de Clichy, direct ligne 13, et le métier de journaliste, la curiosité et l'ouverture d'esprit qu'il impliquait, devait finir de pulvériser la matière isolante de mon enfance. À mon entrée dans l'open space, j'ai vu une jeune femme assise en tailleur par terre en train de lire *L'Humanité*, ce qui m'a paru étrange. Son style vestimentaire ressemblait au passé. Plus tard dans la journée, j'ai entendu son prénom et j'ai compris qu'elle était spécialisée en théâtre. À cause de la forme de son visage et de ses couleurs dorées, je l'ai surnommée Romy Schneider un temps. J'ai aussi relevé sa façon de toujours rester debout quand elle discutait avec les gens. Sa poitrine, gigantesque selon mes critères, arrêtait les rayons de poussière de la pièce. À vingt-huit ans, disparu, le filet de pêche. Mis à part ce corps en forme de borne Vélib, j'avais quelques qualités physiques. J'avais de grosses boucles rousses et un joli nez retroussé. L'apparence générale d'une étudiante galloise contrariée, ce qui n'était pas si mal.

En apercevant Anna, j'ai pensé que je m'en ferais bien une amie, mais aussi que ça ne pouvait pas être ma priorité. Je devais d'abord me faire une place au sein de l'équipe. « Il faudra se rendre indispensable », nous avait-on répété mille fois à l'école. (Comment ? En léchant le corps des gens le matin ?) Deux mois plus tard, j'avais réussi en acceptant d'écrire sur tout, y compris sur le « boom » des parapluies transparents au Japon. Le jour où un contrat à durée indéterminée avait atterri sur mon bureau, j'avais proposé à Anna d'aller fêter ça devant une soupe thaïlandaise. À partir de là, les déjeuners de deux heures ont régné. Puis un cap d'amitié a été franchi à l'automne, lorsque nous sommes parties en reportage ensemble. Elle conduisait de nuit en passant en boucle la *mixtape* d'un jeune rappeur nommé Kendrick Lamar (elle chantait avec un accent parfait, meilleur que lui, ce qui m'a semblé bizarre au regard de son enfance savoyarde, mais j'ai depuis rencontré d'autres gens pourvus de l'oreille américaine absolue, donc ça n'a rien de significatif), quand, voyant soudain la jauge d'essence passer dans le rouge, j'ai crié : « Attention, il ne faut pas tomber enceinte ! » Long et profond silence complice dans l'habitacle. Deux sourires adressés à la route éclairée et rétroéclairés par elle. La bande d'arrêt d'urgence brillait sur notre droite et la voiture avalait de rire la route devant elle. Je n'avais jamais produit de lapsus aussi beau. Anna a déboîté pour prendre une voie sur la droite. « Tu comprendras qu'on sorte là parce qu'il ne faut tomber ni enceinte ni en panne. » Elle s'est garée sur le bas-côté de la départementale et souriait encore en téléchargeant l'appli Total. « Je conduis mal, mais je suis une bonne boussole », ai-je déclaré. Elle m'a filé son téléphone, je l'ai guidée à travers la campagne, et une fois installées dans l'espace cafétéria d'une petite station-service qui ne semblait exister que pour nous et que pour cette soirée, nous avons entamé notre premier vrai échange sur les choses de la vie. « Alors, explique-moi pourquoi il ne faut pas tomber enceinte. » En rentrant à Paris, deux jours plus tard, je m'en souviens comme si c'était hier, elle m'a dit :

— Avant que tu arrives au journal, j'avais entendu dire que tu étais joyeuse et quand je t'ai vue débarquer, j'ai pas compris tout de suite. Mais maintenant, c'est très clair.

— …

— La constance de ton caractère est agréable. Et joyeuse en un sens.

À cette époque où l'on ne googlait pas encore tout, je n'ai pas eu le réflexe d'aller consulter la définition du mot « joie » dans un dictionnaire en ligne (mais je sais aujourd'hui que le Larousse dit qu'il s'agit d'un bonheur intense, caractérisé par sa plénitude et sa durée limitée, et que ça n'a donc absolument rien à voir avec la constance). Sur le périph, Anna a poursuivi son idée en m'expliquant que j'offrais un bon accueil psychologique aux gens. « Tu ne parles pas que des choses qui sont à ton avantage. » Elle aimait aussi que je n'aie « aucune pulsion de redressement » à leur égard. J'essayais de les comprendre, pas de les corriger. Puis elle a dit que mon débit oral était « une petite valse agréable ». Je l'ai remerciée en pensant que j'aurais aussi aimé être joyeuse au vrai sens du terme. Mais que pour ça il faudrait des médicaments ou la fin de la peur sans objet. J'ai pioché dans son paquet de fraises Tagada et j'en ai mâché trois de suite pour me laisser le temps de réfléchir à une réponse, puis j'ai dit que moi, en tout premier, j'adorais ce goût pour la junk food contre-intuitif pour une férue de théâtre. Elle a souri : *Ils étaient censés aimer quoi, les théâtreux ?* Haribo était entré dans sa vie au multiplexe d'Annecy, m'a-t-elle dit. Elle n'avait passé son permis que pour y conduire sa petite sœur, le samedi soir. Pour les faire sortir de Cluses, où, « à part le musée du Décolletage, y avait rien à faire le week-end ». J'admirais son intelligence hors normes, ai-je ajouté, de peur qu'elle soit vexée. Son cerveau semblait mieux oxygéné que le mien, depuis la naissance. « Tes élaborations emportent tout sur leur passage », ai-je poursuivi. Exemple : au cours de ce séjour, je lui avais prêté un livre loufoque. Et en me le rendant, le matin même, elle avait récapitulé : « Il est amusant, ce texte, mais il ne fait qu'ajouter de la distance entre le monde et nous. » Je n'avais fait aucun commentaire, mais j'avais été impressionnée par cette remarque qui m'avait rappelé celle tout aussi définitive de Virginia Woolf à propos d'un texte jugé décevant : « Il ne m'est d'aucune aide pour juger la vie. »

En la quittant ce soir-là, j'ai pensé que la raison de vivre d'Anna était justement de la juger au maximum, cette vie. D'en faire le tour pour la posséder. Sa compréhension du monde était érotisée. Sous son physique d'actrice des années 50 se cachait un charmant robot qui réclamait à ses proches des disquettes de pensées diverses afin d'améliorer ses propres performances intellectuelles et d'augmenter sa vie de ce que les autres lui feraient partager de la leur. Vivre à ses côtés, c'était mettre son intelligence à son service, se laisser aspirer, offrir de la nourriture terrestre, la lui transfuser. Lui livrer des documents humains. Des conseils de lecture. De grands « débriefs » romanesques. Des expériences et du recul sur ses propres émotions. Toute cette substance lui revenait de droit pour casser sa réclusion intérieure, pour qu'elle s'étende et qu'elle ressente. Une fois, à la cantine du journal, je l'avais entendue s'adresser sans détour à une collègue proche de la retraite : « J'ai appris que tu avais été dépressive dans ta jeunesse, s'il te plaît, raconte-moi comment c'était. » Et aussi : « Quel rôle a joué l'amitié féminine dans ta convalescence ? » Mais enfin, comment faites-vous, tous autant que vous êtes, pour vivre sans grandiosité, sans être déçus par le réel, semble-t-elle se demander sans arrêt. Rentrée chez moi, je lui avais envoyé la playlist de musique classique qu'elle m'avait demandée et qui débutait par *Lascia ch'io pianga* (« Laisse-moi pleurer ») de Haendel. Deux jours plus tard, elle en voulait une autre et j'ai senti l'intensité du lien.

Même quand c'est fulgurant, ça reste moins rapide que l'amour, l'amitié. C'est un processus rampant, qui ne prévient pas quand il arrive et qui vient de loin. De la préhistoire de chacun où l'attendrissement pour telle ou telle musicalité humaine se construit. Mais au présent, il y a surtout une envie d'écouter qui est aussi forte que celle de dire, et cette double envie se téléporte de déjeuner en déjeuner, de discussion debout devant le métro en discussion debout dans le métro. Au début, c'est fragile, on ne sait pas si cela va se synchroniser et puis un matin au réveil, ça ne fait plus aucun doute ; c'est là. Une courroie englobe les roues que nous sommes. Le meilleur de soi-même a trouvé une nouvelle destination. Désormais on appelle l'autre *ma chaussette* (Anna) ou *mon koala* (Rim).

Je crois qu'après ce reportage en Bourgogne Anna et moi avons entamé une amitié parfaite. Chacune, en écoutant l'autre, voyait le chemin de sa pensée prolongé (Bouvarde et Pécuchette). Nos vies étaient mises dans un pot commun de réflexion. J'avais donc fait des enfants avec Daniel, dix ans de plus que moi, marrant, intello, obsessionnel, séparé d'une première femme qui était malheureusement restée sa meilleure amie slash confidente. Anna vivait avec Panchi dont elle redoutait la perfection morale. Je décrivais la sensation de transgression que me procurait le fait de coucher avec un homme plus âgé. Elle me racontait comment son mec progressiste n'arrêtait pas de lui dire qu'il l'aimait pendant le sexe, ce qui la déconcentrait. Nous évoquions l'épineux problème des orgasmes en décalé : personne n'en parle, mais, dans le meilleur des cas, une femme doit subitement passer d'un plaisir irradiant au dérangement le plus répétitif qui soit. Nous parlions de l'âge : s'il semblait facile de s'aimer à trente ou quarante ans, comment faire pour s'aimer encore plus à soixante ? Nous tenions la liste des femmes qui semblaient y parvenir. Tout en haut de cette liste, je mettais une journaliste mode du *Figaro* et une peintre qui réalisait des toiles inspirées de Nicolas de Staël, deux femmes sachant ce qui est beau. La peintre habitait à Bréhat dans une maison de pêcheur au sol en ciment orange. Son atelier était caché au fond du jardin. Elle portait un bonnet bleu marine et une robe en lin naturel et je m'imaginais porter la même, au même âge. *Mes cuisses molles se caresseront quand j'irai d'une pièce à l'autre et ce sera parfait.* J'aurai un dalmatien à mes trousses.

Pour les hommes je ne sais pas, mais l'intimité entre femmes est profonde. Ce qu'il se passe, lorsqu'on devient amies, c'est que l'on invite l'autre dans sa machinerie interne. On l'introjecte. Sur la scène d'une journée, je semble seule, je parle, je mange, je travaille, je séduis – dans cet ordre. Mais en coulisse, plusieurs personnes s'activent avec des clés à molette, dans un sens positif. En vacances, j'appelais Anna :

— Salut meuf. Je suis sur la plage là et, à côté de moi, il y a deux personnes âgées qui font quasiment l'amour sur une serviette de bain. Tout n'est pas perdu.

— J'adore ces couples. Décris-les-moi.

— Disons qu'ils sont beaux et gênants. Elle a des cheveux gris, des lunettes énormes et une vareuse brique. Lui pourrait être le grand frère de Louis C.K. Il porte un pantacourt, je te dois la vérité.

— C'est pas grave, ça reste génial.

— Oui. Mais du coup, je voulais te dire : ne doutons

plus d'une chose, la singularité suffira à nous rendre aimables.

— Le parti valide cette déclaration. C'est comme quand je vois des photos de Charlotte Perriand vieille, son charisme, ça me rassure. J'ai foi en l'avenir.

Comme Charlotte Perriand, Anna relevait ses cols de chemise. Il me reste d'ailleurs une image précise d'elle, le col relevé. C'était à l'automne 2009, le jour de l'anniversaire de l'ex-femme de Daniel. Il se préparait à aller boire un café matinal avec elle. Il faisait encore nuit et pendant qu'il s'habillait, un jean et un pull à même la peau, je faisais semblant de dormir pour contenir le mécontentement jaloux qui courait dans ma tête. Quand il a claqué la porte et alors que j'allais pleurer de rage contre ma possessivité, Anna m'a appelée. Un an qu'on était amies et elle appelait déjà pile au bon moment. Sa Twingo était garée en bas de mon immeuble. J'ai enfilé un jean et dévalé l'escalier. Dans la voiture, ses cheveux clairs étaient attachés en chignon, son col relevé, sa gorge nue. Des sandales en cuir. Elle avait placé à mes pieds un paquet de vingt pains au chocolat Pasquier, que nous sommes allées manger sur l'île de Puteaux, au sommet d'une pente en béton tombant graphiquement dans la Seine. Elle m'a mitraillée avec deux appareils photo jetables. Nous avons pris la route de Disneyland Paris, où *Spider Man* jouait en 3D. Au retour, Anna et moi avons discuté de la relation de Daniel avec son ex-femme. « Je te parie un bras qu'ils reposeront l'un à côté de l'autre. C'est écrit d'avance, ils s'entendent trop bien et mal à la fois pour que ça ne soit pas éternel », lui ai-je dit avant de lui demander son avis sur la pertinence à terme d'un caveau à trois, avec le risque du vaudeville souterrain. J'ai demandé de façon plus générale où je devais me faire enterrer. Elle a répondu « toi et le bras que tu viens de perdre, en Bretagne Nord, c'est certain », puis elle a proposé qu'on aille faire un tour au cimetière de Montmartre devant lequel on passait justement en voiture. « Ça marche », j'ai dit. Et c'est là, dans l'ambiance automnale qui rend ces habitats presque désirables et alors qu'on cherchait une tombe centenaire à récupérer à côté de celle de François Truffaut, qu'elle m'a parlé de ses parents.

Ils étaient tous les deux postiers à Cluses, en Haute-Savoie, a-t-elle commencé, et des postiers tels qu'on les imagine, c'est-à-dire des gens rationnels et dynamiques. Mais à ses quatre ans, moyenne section de maternelle, ils avaient entamé la construction d'une piste de bobsleigh à dix-huit virages sur un terrain en altitude appartenant à la famille de sa mère. Aucun des deux n'avait jamais pratiqué ce sport, cette idée loufoque leur était venue en regardant les JO d'hiver une nuit à la télé. Il était 2 heures du matin, il n'y avait même plus de commentaires sur les images quand Michel avait tapé sur la cuisse de Christine, qui avait mieux ouvert les yeux : « On pourrait pas faire ça avec le terrain ? » À partir de là, ils avaient bu leurs tisanes froides dans un état d'excitation réelle. L'inutilité du projet et sa poésie répondaient à une rage lancinante contre le capitalisme, m'a dit Anna. L'envie furieuse de faire quelque chose du terrain – leur seul bien hérité – avait fait le reste. Dès le samedi suivant, son père s'était levé à l'aube, il avait enfilé son gros pull en laine marron et il était parti à la recherche de matériaux pas chers dans la région. Tandis que, de son côté, sur la table de la cuisine, sa mère s'était lancée dans des calculs pour que les luges ne se transforment pas en missiles aériens dans les virages. À partir de là, tous les samedis avaient été consacrés aux pièces et à l'algèbre. Les dimanches, aux maquettes. Chaque été, des passionnés de luge croisés sur des forums en ligne se joignaient à eux pour aider à la construction. Fin août, leurs départs créaient un vide. Mais l'automne filait. Anna et sa sœur contemplaient la couleur mandarine des sommets, en attendant leurs parents. Les premiers jours d'hiver, la famille testait le tunnel. C'était l'heure de vérité. Les filles descendaient en premier à cause de leurs petits poids et maintenant qu'Anna était mère elle-même l'inconscience de ses parents gauchos la mettait en colère. Pour construire le circuit, ils utilisaient de la pierre de ravin et de la terre, qu'ils posaient contre une structure en bois hyper-sophistiquée. Là-dessus se formait une couche de glace de plusieurs centimètres, les nuits de grand froid. La fabrication de la piste allait prendre un siècle. « Aux dernières nouvelles, ils ont dix virages opérationnels dont un à 180 degrés », a dit Anna.

Une fois le tunnel terminé, l'idée était d'en faire un lieu ouvert pour les enfants du coin. « C'est sympa », ai-je dit en comprenant soudain l'obsession de mon amie pour le réchauffement climatique qui ruinera la planète, mais aussi les efforts de toute une vie. Le caractère utopique de ce projet impressionnait Anna. Et elle préférait largement imaginer ses parents à cette tâche plutôt qu'en train de partager des *fake news* sur Facebook. Cela les rendait uniques. Elle admirait aussi la force physique de son père, qui réalisait un exploit. Le caractère concret, noble, hyper-manuel de l'entreprise. Mais d'un autre côté, elle voyait bien que ces deux sexagénaires étaient aussi tarés que les stars de son vieux *Guinness des records.* N'étaient-ils pas mégalomanes au sens psychiatrique du terme ? Finalement, sa petite sœur et elle avaient passé leur enfance à les entendre parler du tunnel. « Michel, on part à quelle heure demain, à la piste de Bob ? » Depuis qu'elle travaillait à Paris, Anna ne passait plus là-bas que de courtes vacances. L'exaspération montait vite. Au troisième jour, elle levait les yeux au ciel et s'interrogeait à mi-voix sur la symbolique de ce Bob, présence virile qui guidait leur existence. En fin de séjour, elle s'autorisait des critiques plus dures. Ses parents la traitaient en retour de « bourge parisienne à la solde des grands médias ».

— Ils m'aiment si j'adhère au projet, elle a dit.

— C'est déjà ça, j'ai dit.

*

Sur la tombe de Truffaut chauffée par nos fesses et le corps d'un gros chat gris, je lui ai parlé de Rim qu'elle ne connaissait pas encore et de sa mère dont l'amour était lui aussi conditionné à des critères de soumission. Et en repensant à cette conversation sur les défaillances parentales alors que Daniel ouvre les rideaux de la chambre de manière théâtrale, sans pour autant réussir à me déconcentrer, je conçois notre part d'ombre. Anna et moi calculions avec une extralucidité le temps qu'il nous restait à vivre. Cet oubli impossible, même une seconde, nous mettait en état de détresse. « Nos paniers sont percés », disait-elle souvent, et c'est vrai que d'une race difficile à satisfaire, souffrant d'une absence indéfinissable (du désir d'un désir qui ne repose sur rien), nous étions de celles qui redoutent la neutralité du bonheur. Tolérance pour ce bonheur-là, dix minutes. En fait, nous étions au quotidien comme deux sacs de riz suspendus dans un entrepôt et se vidant grain après grain. La sensation de perte était constante, douloureuse, et notre regard sur la vie celui de sœurs isolées de la campagne anglaise ; deux vieilles filles voyant chaque soir leurs rides se creuser un peu plus à la lueur d'une bougie. Avec, en fond sonore, le bruit d'un œuf qui saute dans une casserole.

Pour oublier cette mort qui circulait déjà bruyamment dans notre sang, nous recherchions des états immersifs. La psychanalyse, deux fois par semaine, et l'écriture, que nous pratiquions le dimanche, nous faisaient pénétrer au cœur du point focal de la concentration qui offre un ailleurs. Elle écrivait des pièces de théâtre, moi des scénarios. J'ajoute que l'amour permet aussi de s'en aller. La passion est un psychotrope qui modifie l'équilibre hormonal, le rythme du cœur, les circuits neuronaux, la symétrie du visage et la température du corps, elle modifie la perception du réel qui devient sublime.

6

L'homme aux huiles essentielles de dattes

Le petit-déjeuner à volonté de l'Azur Djerba constituait à lui seul une bonne raison d'avoir vécu. En attendant que l'air extérieur se réchauffe, nous traînions dans notre suite. Assises par terre, Anna et moi nous amusions à lire les cartes d'un Monopoly tunisien découvert au pied du canapé – la rue de la Paix devenait l'avenue Habib-Bourguiba – quand Rim s'est précipitée hors des toilettes avec son jean encore ouvert. Son ventre post-grossesse ne portait aucun traumatisme apparent. Elle venait de recevoir un message privé sur Instagram uniquement composé de phrases à l'infinitif. Qu'elle a déclamées avec talent. *T'effleurer la main dans l'ascenseur. Te regarder marcher au bord de l'eau. Vouloir te parler avec force.* Quelque chose de cet ordre-là. Penchées sur son téléphone comme sur un moteur fumant, nous avons constaté que cette prose romantique avait été envoyée sept minutes plus tôt par un certain Raphaël. Les filtres sur son image de profil ne nous ont pas empêchées de le reconnaître : c'était le quadragénaire aux fesses dures et au bob Ricard aperçu la veille sur la plage et revu, une heure auparavant, devant le stand des crêpes. Ce matin-là, mon attention avait été captée par son petit garçon d'environ cinq ans, rond comme un cèpe, qui circulait bizarrement entre les tables en laissant dans son sillage un sentiment de malaise. Il avait fallu s'approcher pour comprendre. C'était très simple : l'enfant s'arrêtait pour dire *choukran* – prononcé « chou-crâne » – à toutes les personnes non blanches du restaurant. Donc : parce qu'une consigne de politesse avait été mal comprise, il distribuait des remerciements à tous les clients « racisés » de l'hôtel avec en plus la légère impatience des petits garçons à lunettes. Le regard affligé d'un homme indien m'avait tordu le ventre et j'avais scruté Raphaël, qui, à la pointe de la stratégie « je ne connais pas cet enfant bizarre », sirotait son café en contemplant les quatre piscines à travers la baie vitrée. Dans la chambre, Rim a refermé son pantalon.

— Mis à part la consistance des fesses, nous ne savons rien.

Et alors ? Elle a laissé le constat infuser dix secondes, puis elle a proposé qu'on s'attaque massivement à ses données numériques. Qu'on lance un programme de type Nasa (de type Google, en vérité). La perspective était plutôt marrante et c'est ce que nous aurions fait, à plat ventre sur un lit double, si le garçon n'avait pas possédé une fiche Wikipedia que j'ai trouvée tout de suite. C'était un embryon de page, cinq paragraphes, deux notes de bas de page, mais ça posait quand même un homme. Grâce à elle, nous savions tout. Même sa sous-admissibilité à Normale sup.

— Ah ! détail qui laisse supposer qu'il est intervenu sur sa propre page, j'ai dit.

— T'en sais rien, Rim a répondu.

— Admets qu'il y a des chances.

— J'admets.

Sous nos yeux s'étalait sa bibliographie de jeune écrivain spécialisé dans les portraits lyriques de femmes éplorées. Maltraitées, abandonnées, délaissées, à différentes époques. À première vue (titres et résumés), il ne semblait pas vouloir leur redonner vie ou leur rendre justice, mais les figer dans la douleur de leur siècle et de leur condition. « C'est le genre d'hommes qui, au temps de ses héroïnes, n'aurait rien fait pour elles. Mais qui se fabrique des frissons en imaginant que si », j'ai dit. J'étais d'autant plus en colère que je connais ça : les journalistes ne sont pas les derniers à mettre le malheur des autres au service de leur ego. La souffrance ambiante et leur jouissance se superposent dans des phrases qui me rendent dingue. Notre profession récompense celles ou ceux qui écrivent des phrases lyriques sur une paysanne écrasée par sa propre vache, ou un artiste qui a terminé à la rue. La frontière entre « dénoncer un malheur » et « le raconter pour se faire mousser » est très fine. Une chose ne trompe pas, le pathos. La question qu'on est en droit de se poser est la suivante : l'article a-t-il d'autres conséquences tangibles que l'amélioration immédiate de l'image de son auteur ? Vraie question. J'ai dit :

— C'est le genre de mecs qui plonge sa plume dans la plaie des autres.

Rim n'a pas répondu.

— Il va terminer présentateur sur France Culture, tu vas voir.

Rim n'a pas cillé.

— Il est moins bien que Niels physiquement.

Le père de sa fille est un homme qui découpe des planches torse nu dans les jardins publics en écoutant du métal norvégien, c'est inégalable. J'ai insisté :

— Il ne doit pas savoir monter une armoire.

Aucune réaction. La persistance de son silence m'a fait comprendre que nous allions devoir nous fader ce mec, ses pulls en cachemire et ses romans bien accueillis par la presse pour un temps indéterminé. Rim raconterait en avoir fini avec les mecs sportifs et taiseux. Elle nous dirait : « Depuis le début, il me fallait l'inverse. Niels me ressemble trop, j'ai besoin de quelqu'un qui se pose des questions existentielles » (coupe les cheveux en mille). Tombée sur une photo grotesque de Raphaël derrière des platines, les bras levés, j'ai ajouté qu'il mixait dans des soirées sponsorisées par Huawei. Mais personne n'a accusé réception. Anna souriait avec indulgence à Rim, qui décrivait les « mèches romantiques », c'est-à-dire ondulées, qu'elle avait vues dépasser de son bob la veille sur la plage (quand il regardait la jeune fille). Après une longue hésitation quant au fait de répondre elle aussi à l'infinitif, il a finalement été décidé que non, qu'elle conjuguerait. Rim lui a donné rendez-vous au bord du bassin le plus ensoleillé de l'Azur à 15 heures. Elle a ajouté qu'elle viendrait avec nous. Tendues vers l'objectif, trop rapides à faire toutes les activités prévues entre-temps, nous sommes arrivées avec vingt minutes d'avance. Le vent ridait la surface de la piscine, les chaises longues faisaient un bruit de club de voile. Je me suis assise sur une grosse balle de gym égarée et j'ai pensé aux épices qu'il me faudrait faire semblant d'oublier dans le coffre-fort de la chambre le jour du départ. En un murmure, Rim nous a ordonné de mimer une discussion décontractée. Je me suis mise debout trop vite et j'ai jeté ma tête en arrière de rire. Quand je l'ai baissée et que les points noirs devant mes yeux se sont estompés, tout dans le type en approche m'a agacée : ses cheveux mal démêlés, ses Ray Ban dernier modèle, ses écouteurs sans fil (depuis quand un fil, ça dérange ?) et sa démarche molle d'aristo dont les gènes du qui-vive ont été désactivés par des générations de confort. « Hello girls », a-t-il dit. Il a retiré son sweat à capuche en nous laissant entrevoir la proéminence de son nombril, et il a enchaîné, en regardant Rim :

— Je sais qui tu es. Je lis souvent tes chroniques.

— T'es abonné au site ? a demandé Rim.

— Non, je t'achète en kiosque.

— Et pourtant, tu n'as pas quatre-vingt-cinq ans !

— J'ai hésité à t'écrire ce matin parce que je crois qu'on ne devrait jamais parler aux gens qu'on aime lire. Je vais forcément être déçu par ta conversation…

Une fois allongé sur un transat en plastique, Raphaël a écarté ses jambes osseuses comme s'il voulait s'assurer que personne ne viendrait s'asseoir à côté de lui. Puis il a appliqué de la crème solaire sur son torse en faisant de drôles de cercles avec l'index autour de ses mamelons. En même temps, il disait à Rim être venu en Tunisie pour terminer son sixième livre. « Pourquoi à l'Azur ? » (C'est lui qui s'autoposait la question.) Parce qu'il s'était par hasard rendu compte, deux ans auparavant, que l'inspiration littéraire jaillissait lorsqu'il se faisait masser au Blue Ocean Institute avec des huiles essentielles à base de dattes. Vraiment. Il prononçait ces phrases. Je roulais des yeux. J'étais horrifiée et Anna devait l'être aussi puisqu'elle époussetait nerveusement l'intérieur de ses cuisses. Pour ne pas hurler, je me rappelais à moi-même que les discussions entendues à la volée font toujours mal aux oreilles. (Soit parce que l'espion ne saisit pas les implicites qui leur donnent une profondeur secrète. Soit, hypothèse plus pessimiste à laquelle j'adhère, parce que les conversations humaines sont souvent de mauvaise qualité et que nous ne bloquons notre regard critique que lorsqu'il s'agit des nôtres.) J'essayais aussi de me souvenir d'un débat entre Flaubert et Nietzsche résumé quelque part par Houellebecq sur la psychomotricité de l'écriture. Flaubert affirme qu'on ne pense et n'écrit bien qu'assis, alors que Nietzsche estime que tout ce qui n'a pas été conçu dans la marche est nul. Quant à Houellebecq, il pense que la marche sert à calmer les conflits intérieurs nés des idées qui se sont bousculées pendant la phase d'écriture – assise, elle. Et donc, Raphaël écrivait allongé et imbibé de fruits.

Parce que Rim a insisté – en donnant à cette occasion une légèreté inconnue à sa voix – pour connaître le sujet du prochain livre, Raphaël a fini par lui confier qu'il travaillait en ce moment sur le portrait de Mme de Montespan, la favorite délaissée par Louis XIV. Il se donnait jusqu'à la fin des vacances, donc encore cinq jours, pour décrire ce qu'elle avait ressenti quand le monarque était finalement tombé amoureux d'une jeune fille de dix-sept ans et qu'elle avait dû déménager dans une soupente du château. En l'écoutant, je pensais que mieux valait être l'écrivain premier degré et besogneux qui visite huit fois Versailles pour s'en imprégner que cet énergumène indécent. *Peut-on écrire à tout sujet depuis un hôtel de luxe cinq étoiles ?* Oui, mais non, bordel. Que le fantôme de Mme de Montespan assassine ce type cultivé à coups de pioche, ai-je pensé tandis qu'il décrivait sa routine d'écriture. Chaque matin, Raphaël déposait son fils au Kids Club (l'enfant était réticent parce qu'un jeune Moshe d'une famille juive orthodoxe passait son temps à traiter les autres garçons de fils de pute sans qu'il soit vraiment possible de le démentir d'un point de vue strictement orthodoxe). Puis, de retour dans sa chambre, il enfilait ses claquettes en mousse et son épais peignoir de bain siglés Azur, glissait à l'intérieur de son slip de natation un petit cahier à spirales et un crayon à papier de l'hôtel, et se dirigeait vers le spa très doucement. À l'intérieur de la cabine 44, sa préférée, son corps devenait de la confiture et sa matière grise se réveillait. Ce matin-là, il avait noté une phrase intéressante : « La solitude du témoin. » Au milieu de ces détails absurdes qui l'impressionnaient néanmoins, Rim a appris l'essentiel : Raphaël était divorcé d'une certaine Kim qui travaillait dans le cinéma et qui connaissait bien Pierre Niney.

— Elle m'aimait contre moi-même, a dit Raphaël.

— Je vois, a répondu Rim.

— Elle voulait que moi je l'aime. C'était ça son but. Que je ne la trompe pas, que je lui appartienne. Il n'était question que d'elle, en fait. Elle était obsédée par ce qu'elle représentait pour moi.

— Oui.

— J'ai besoin de l'inverse, d'une femme douce qui me veuille du bien. Quitte à ce que ça ne soit pas passionnel.

— Bien sûr, c'est normal.

Je connais suffisamment Rim pour savoir qu'elle ne trouve pas ça normal du tout. Elle méprise chez les hommes ce besoin d'être un coq en pâte, jamais menacé intellectuellement. Ce soir-là, nous avons dîné dans la suite, sur le canapé, en révisant la période historique du livre de Raphaël. Tout ce qui s'est passé avant 1914 est malheureusement un peu vague pour nous trois. Puis, nous avons lavé nos dents ensemble avec un drôle de jeu de regards dans le miroir parce que rien ne me fait rire davantage que de voir Rim se brosser les dents avec le niveau de concentration, de dextérité, de ferveur et de folie qu'elle y met (elle est déchaînée, c'est *Jurassic Park* dans la salle de bains deux fois par jour).

Pour résumer la suite de cette histoire qui me semble ce matin très loin : à la minute où notre avion s'est posé en France, mon amie a perdu la main. D'abord, il y a eu une phase dite morale imposée par Raphaël : pour ne pas détruire le couple qu'elle formait avec Niels, l'écrivain refusait qu'ils se voient à Paris (« c'est trop dangereux, on ne va pas réussir à cadrer »), mais il envoyait quand même trente-trois SMS par jour. Ils en resteraient à l'écrit et ces échanges, si réguliers soient-ils, ne les feraient pas condamner aux assises, arguait-il. Au regard de la loi, vraiment, tout était clean. Ce qu'il omettait de préciser, c'est qu'au regard des émotions il se passait bien quelque chose. Et qu'à force de « tu fais quoi ? » et de « comment vas-tu ? », le garçon s'inscrivait de plus en plus dans la pensée de mon amie. Deux mois et trois fausses alertes de rendez-vous plus tard, dans un inexplicable retournement de situation, Raphaël a proposé à Rim d'apporter de quoi déjeuner chez lui. « Je préfère te prévenir, pour une fois j'ai pas envie d'annuler notre rendez-vous », lui avait-il envoyé en fin de matinée. Le cœur de Rim avait manqué deux battements. Cette invitation a convaincu mon amie qu'il souhaitait entamer une liaison alors que cela n'aurait dû la convaincre que du fait que son frigo était vide.

Dans le quartier des Ternes, elle a sonné chez lui les bras chargés d'un grand sac en papier marron rempli de pâtes fraîches, de harissa et de macarons. Dans sa cuisine ouverte, elle a préparé le repas en ayant peur de salir les surfaces ultra propres tandis qu'il téléphonait à une certaine Élodie. Vers 16 heures, après avoir préparé, mangé, rangé et couché ensemble sur le tapis du salon, elle a quitté les lieux en ayant l'impression que l'interdit de la situation excitait davantage Raphaël que son corps à elle, qui, selon ses mots en pleine action, était pourvu de « hanches basses ». (Par rapport à quoi ? Vertige de ce commentaire.) Mais comme son livre sur la Montespan était en relecture et qu'il fallait bien s'occuper, les messages ont redoublé d'intensité. Des semaines se sont encore écoulées durant lesquelles Rim a menti à Niels pour aller passer des soirées télé-spaghettis-whisky chez son amant (soirées jugées extraordinaires par mon amie, qui déclarait avoir trouvé l'âme sœur). Puis, dans une tentative de pousser la relation plus loin, Rim l'a invité à un concert à la Philharmonie de Paris au cours duquel elle a été forcée d'admettre qu'il toussait aux entractes.

Après le concert, Raphaël n'a plus écrit que des SMS fermés sans question ou relance tacite. Et toujours un ton légèrement en dessous du sien. Une mansuétude récalcitrante, dirons-nous. Le comportement d'un ado endormi. Une inertie moyenne qui donnait à Rim la sensation qu'il était possible de ranimer la conversation alors que non, c'était perdu d'avance, elle enverrait toujours le dernier message (avec, au bout de onze minutes, cette triste sensation de *game over*). Il avait ainsi amorcé la marche arrière. Enclenché le bouton du retrait. Objectif : rompre sans drame et même, si possible, sans conversation. Erreur : comme d'autres garçons avant lui, Raphaël avait fait ce terrible contresens qui consiste à croire que les jeunes mères de famille sont des maîtresses amusantes alors qu'aux alentours de quarante ans, que ça soit clair, personne ne rigole. Certaines femmes se pensent déjà vieilles, ce qui les rend intenses et vulnérables. D'autre part, le potentiel de destruction familiale est énorme. Raphaël passé en mode repli, j'ai vu mon amie s'accrocher à la portière entre héroïsme et misère. Surinterprétant ses gestes de politesse, acceptant sans broncher la tournure sexuelle de la relation, persuadée de ne rien vouloir de plus elle-même et se mettant par ailleurs à juger son mec « bas de plafond ». Raphaël aimait la musique, comme elle. Il aimait *Something* des Beatles, comme elle. Comment avait-elle pu, ne serait-ce qu'une seconde, vivre avec un homme qui n'aimait pas autant qu'eux *Something* des Beatles ? Un soir chez elle, alors que Niels donnait un bain à leur fille, Rim m'a parlé de son envie de le quitter comme s'il ne valait pas mieux qu'un moniteur de ski baisé deux fois dans les sapins. « M'intéresse plus », a-t-elle dit en expirant du CBD, qu'elle fumait en continu depuis notre retour de Djerba. Aussi droguée qu'elle, j'ai dit, effrayée par ma propre cruauté : « Allez oui, plaque-le, t'as raison. Il trouvera une femme végane et ils feront de l'escalade dans les Dolomites. » Rires de sorcière, mais c'est moi qui ai eu peur. Deux jours plus tard, alors qu'elle s'apprêtait à louer un deux-pièces (une chambre pour Aloïs, elle dormirait dans le salon le temps de trouver mieux), son amant l'a quittée dans le jardin des Tuileries avant même d'atteindre les chaises inclinées.

— Désolé, Rim, mais ça ne marche plus pour moi si t'es plus avec ton mari.

— Je ne suis pas mariée, a-t-elle répondu sans que cela ait l'air d'inverser son raisonnement.

— Tu comprends ce que je veux dire.

— Non.

— J'ai pas signé pour ça. L'histoire devait rester légère.

— Tu me plaques parce que je loue un studio ?

— C'est une première étape, tu vas vouloir plus.

— Qu'est-ce que t'en sais ? Avant de te rencontrer, je voulais déjà un espace pour moi.

— J'étais d'accord pour une aventure, pas pour faire des cartons de déménagement. C'est un comble d'avoir à m'expliquer. Tu es en couple, je te rappelle, je ne te dois rien.

Mon amie l'a regardé comme si elle n'avait jamais vu une personne aussi stupide de sa vie, ce en quoi elle excelle. Elle a tourné les talons et marché en ciblant l'Obélisque de la Concorde. Rim ne pleure jamais, mais son regard se brouille et elle tombe d'émotion. Et c'est au pied du monument, rose fuchsia ce soir-là, qu'elle s'est effondrée comme une veuve espagnole. Assise par terre, elle m'a appelée. Au téléphone, elle a chuchoté d'une voix insupportable :

— Allô, Armelle, c'est toi ? Raphaël a rompu, il y a une heure. Je suis au milieu d'une scène de désolation. Le Bristol pleure. La grille du jardin pleure. Même le métro, qui passe sous la place, il se lamente. Je te jure que c'est vrai.

Aspiration sur une cigarette.

— Et toi, tu pleures ?

Expiration.

— Non pas moi. Mais tout est sous-exposé, viens me chercher s'il te plaît.

La nuit tombait, je regardais un film japonais, il faisait froid. J'ai mis les gants trop petits de mon aîné et j'ai pris le métro jusqu'à la place de la Concorde. Je me demandais comment on pouvait fumer tout en étant aussi sportive qu'elle. Sous les arcades de la rue de Rivoli, dans le box isolé en cuir d'un vieux café, le garçon l'a autorisée à en allumer une d'un signe de la tête. Le gris TGV de ses yeux était humide, ses mains tremblaient et elle répétait de sa voix cramée qu'hier encore Raphaël lui avait demandé de lui rapporter des coquillages de la plage normande où elle se trouvait.

— Quel pervers faut-il être pour larguer une femme qui a des coquillages dans la poche ?

— Un immense pervers, j'ai dit alors que je n'aime pas dévoyer les termes psychologiques.

J'ai ajouté :

— Bon Rim, faut quand même que je te dise un truc.

— Quoi ?

— Souviens-toi du nombre de fois où tu lui as conseillé de lire ces poèmes d'Éluard là. Il ne l'a jamais fait. Les gens qui font ça sont…

— Pas généreux ? T'as raison, mais je m'en fous.

— Tu t'en fous, mais c'est essentiel.

— Tu veux dire qu'il ne s'intéressait pas vraiment à moi ? Merde, mais aide-moi alors. C'est quoi la différence entre ce que je viens de vivre et une histoire d'amour ?

— Une histoire d'amour est une histoire qui se déploie. C'est tout.

Silence. Cette définition nous a toutes les deux surprises par sa simplicité. Puis, sur un ton de reproche, Rim m'a demandé ce que je faisais, alors, de toutes les autres. Celles qui n'ont pas les moyens de se déployer. Les avortées, les empêchées, les interdites, les impensables. Je les jetais à la poubelle ?

— Je suis contente qu'elles existent parce qu'elles montrent la valeur des premières.

— T'as été prêtre dans une autre vie, non ?

— Non et je ne milite pas contre la passion amoureuse. Je dis juste que l'impossible, c'est moins intéressant que ça en a l'air. C'est une stimulation des sens sans débouchés. À la fin, tu exploses.

— Voilà, t'es chiante.

— Mais non, Rim, écoute-moi, c'est juste qu'il y a pas d'altérité dans ces amours-là, c'est pour ça que c'est bien.

— C'est pas bien, c'est fou.

— Oui, parce qu'il y a de l'excitation et de la surestimation réciproque. On clignote et on devient immortel.

Mais ça ne tient qu'un temps et ça peut amener à faire n'importe quoi. Ta fille est encore petite.

— J'aurais jamais dû parler de ce studio, ça l'a fait flipper.

— Et tu l'aurais retenu quoi, un mois de plus ? Un mois de plus, ça rallonge le chagrin amoureux de trois mois. C'est comme les chiens, il faut tout multiplier par trois.

— C'est par sept, les chiens.

— Est-ce qu'on est sûr de ça ?

Au bout d'un moment, j'ai réalisé que Rim ferait en sorte que cette conversation ne se termine jamais. Son but : retarder son retour chez elle parce que chez elle, depuis la rupture de tout à l'heure, c'était devenu le lieu de la défaite. Le terrain où le réel a triomphé. Le terminus régional de la vie. Les tranchées de Verdun, un jour de novembre. Le déclin biologique. Le silence bourdonnant qui suit le *Boléro* de Ravel. La conversation plate comme un trottoir de Niels, ses haltères dans l'entrée, ses barres énergétiques partout et la chaudière qui s'éteint pour rien.

— En quoi c'est grave qu'il ait pas lu Éluard ?

— C'était un amour purement narcissique, qui ne le faisait pas sortir de lui-même. C'est un amour qui aspirait à recevoir, à prendre. Un amour sans générosité.

— Tu parles comme un gourou.

— Comme une psy, je préfère. Tu lui faisais du bien en tant qu'objet, mais tu ne l'intéressais pas plus que ça.

— C'est sympa, merci.

— Est-ce que ce garçon pourrait être ton meilleur ami ?

— Non.
— Alors c'est du temps perdu.

Il était 22 heures quand elle a sorti les vingt coquillages de son manteau. Elle les a posés en tas sur la table du café et elle s'est mise à m'expliquer pour quelles raisons elle les avait choisis en me les montrant les uns après les autres. Des détails pour chacun, comme une commissaire d'expo. Infernal. D'autant que les coquillages secs n'ont aucun intérêt et qu'elle devait, pour me transmettre son enthousiasme, faire l'effort de les remouiller mentalement. J'ai commandé une menthe à l'eau en pensant qu'à plus de trente ans un verre d'alcool en moins ferait la différence au réveil. Puis j'ai repris :

— Dis-toi que les histoires d'amour hors du commun savent attendre. Comme dans la phrase de Camus sur l'amitié : « Il y a les amitiés qui durent et celles qui ne durent pas. Celles qui durent sont les bonnes, c'est tout simple. »

— Tu crois que cette histoire pourra être vécue plus tard ?

— La fin d'une histoire, c'est quand on meurt.

Comme j'allais enfin dans le sens de l'espoir et de son cerveau en manque, Rim m'a souri. Puis ses lèvres se sont crispées. Elle a dit qu'elle me connaissait suffisamment pour savoir que je n'allais pas m'arrêter sur cette phrase optimiste. J'allais soutenir qu'il fallait quand même lâcher cette relation parce qu'on finit toujours par détester celui ou celle qui a forcé une relation. Qu'on ne construit rien sur une prise de judo. Que la lutte engendre toujours la rancœur et que le glauque se loge dans l'insistance. *Blablabla.* Elle connaissait mes théories.

— Tout à fait. J'ai une phrase bouddhiste là-dessus.

— Attends, je parie sur un truc du genre : il ne faut pas tirer sur le fruit de l'arbre, mais attendre qu'il tombe à point ?

— Exactement ! Mais quoi qu'il arrive, Rim, méfie-toi de son « je te dois rien ». Y a des gens qui disent des choses qui sont techniquement ou légalement vraies, mais émotionnellement fausses.

— Qu'est-ce que ça veut dire ?

— Qu'il utilise le langage à mauvais escient. Il se déresponsabilise de tout, il opère depuis toujours des glissements dialectiques, des sentiments vers le Code civil.

— Parce qu'à ton avis il me devait quelque chose ?

— Oui, bien sûr. Je crois qu'on est responsables des gens qui nous aiment.

— Jusqu'à quand ?

— Jusqu'à ce qu'ils ne nous aiment plus.

Cette nuit-là, rue de Rivoli, Rim a continué de parler jusqu'à 5 heures du matin, soit la fermeture du café. Elle est passée du rejet amoureux de Raphaël précipité par ce « putain de studio meublé » à l'incapacité de sa mère à l'aimer comme un être autonome, ces deux sujets en aller-retour, et j'espère l'avoir aidée comme elle m'a aidée à des moments cruciaux de ma vie. Parce qu'il est très clair pour moi que depuis notre rencontre dans le jardin de Neuilly elle a été une bonne grande sœur.

7

La pomme de terre

Mon premier « drame » personnel a eu lieu le week-end de la séparation de mes parents. En 1990, j'avais dix ans. Un samedi matin, ma mère, Rim et moi sommes allées récupérer les clés du logement vide d'un cousin de ma mère devant l'église Saint-Odile de la porte de Champerret. Le clocher en brique ressemblait à une tour de Gotham City, il pleuvait au point que l'intérieur de nos oreilles était mouillé. Le cousin portait un imperméable et un chapeau beige de détective. Ce n'était pas un divorce, mais une évasion. De retour à Neuilly, Rim nous a aidées à faire les cartons. Elle s'appliquait, mettait mille fois plus d'objets que moi dans chaque boîte. Puis, quand tout a été bouclé, elle est montée à l'arrière de la Citroën toit ouvrant de ma mère et nous avons fait de grands signes à la statue du duc d'Orléans avant de quitter la zone. Ce soir-là, nous avons commandé un plateau royal de sushis, regardé *Serial Mother* en DVD (un chef-d'œuvre) et dormi sur des matelas par terre. Ma mère et moi habitions désormais Belleville et, après une vie en banlieue, l'agitation parisienne me donnait l'impression d'avoir changé de régime visuel, du rupestre au numérique. Le dimanche soir, alors qu'on s'apprêtait à raccompagner Rim à Neuilly, j'ai vu un drôle de mec alcoolisé devant notre nouvel immeuble. Il a bondi sur moi. Il m'a attrapé le bras et il m'a envoyée sur la banquette arrière d'une Espace rouge sombre à la portière avant scotchée. Ma mère n'était pas encore descendue. Le gars, dont j'ai oublié le visage, a claqué la porte sur moi avec une force mythologique, il s'est installé au volant et il a démarré. Je me suis redressée et, à travers le pare-brise, j'ai vu naître dans les yeux de Rim la décision de s'interposer. Bras écartés, elle s'est postée devant la voiture qui a freiné à un mètre de ses pieds. Elle a fait mine de grimper sur le capot. J'ai ouvert la voiture et j'ai couru. Rim aussi, derrière moi. J'ai hurlé des mots informes. J'ai entendu ma mère crier mon prénom. Les passants de la rue se sont immobilisés. L'Espace a disparu au coin de la rue. L'enlèvement sans mobile avait raté, le fou n'a jamais été retrouvé et j'en fais encore des cauchemars. Le scotch me donne désormais l'impression d'une mort imminente. Je me demande pourquoi c'est tombé sur moi. Si quelque chose, dans mes yeux, a énervé le type. Petite fille, je n'ai pas réussi à remercier Rim pour son courage. J'ai pensé qu'elle s'était permis d'interrompre le cours de ma vie, si dramatique fût-il. Pensé à la fois *merci* et *mêle-toi de tes affaires, bordel.*

Mon second « drame » a eu lieu en 2002. J'avais vingt-deux ans. Je me suis réveillée à l'aube dans mon studio lillois, près de l'école de journalisme. Il était 6 h 45 et je zonais dans mon bain, c'est-à-dire que je me tâtais le ventre en remettant régulièrement de l'eau chaude avec mes pieds. J'ai allumé la radio et, à la fin d'un flash info que j'écoutais à peine, j'ai entendu qu'il y avait eu un incendie nocturne au pied du métro Belleville. J'ai été projetée hors de l'eau. J'étais nue dans le couloir, dans la cuisine. Nue sans volonté de l'être dans la cuisine et dans le salon. Je me suis assise sur le canapé. L'ordinateur a vibré sur mes cuisses humides. Sous mes fesses, c'était trempé. J'ai cherché l'adresse exacte de l'incendie sur Internet. Je tremblais. Le numéro de mon immeuble s'est affiché sur le site du *Parisien*. J'ai lu l'article. Quelqu'un s'était défenestré et j'ai pensé que c'était bien le genre de ma mère, de se retrouver dans une situation pareille. Je l'ai appelée. Elle ne répondait pas. Je l'ai rappelée. Pas de réponse. Il ne faisait plus aucun doute qu'elle avait sauté. Finalement, mon téléphone a sonné. Karine, la tante de Rim, m'a dit qu'elle l'avait localisée à l'hôpital Bichat. Quand cette femme était réveillée, elle l'était vraiment.

Ce matin-là, je suis montée sans billet dans un train pour Paris. Je suis restée debout tout le voyage. Une contrôleuse a voulu me verbaliser, puis elle y a renoncé en voyant mon visage défait. Dans la chambre d'hôpital, une voix éraillée, inconnue, qui sortait de la gorge de ma mère m'a demandé d'aller récupérer les « affaires importantes ». J'ai fait semblant de comprendre. Dans l'appartement, j'ai pris au hasard son nouvel ordinateur, ses bijoux fantaisie et ses foulards Ventilo. J'ai respiré l'odeur des cendres. Le lendemain, quand je suis retournée la voir, elle avait été placée en coma artificiel. « C'est quitte ou double », a dit le médecin. « Double », j'ai dit sans savoir si c'était la bonne réponse. Quand je suis sortie de la petite pièce *spéciale familles* où il m'avait traînée, j'ai vu le dos de Rim dépasser d'un siège en plastique beige. Qu'elle n'a plus jamais quitté. Tous les matins, quand j'arrivais à 8 heures dans le service, elle était là, en jogging. Puis un midi, je l'ai accompagnée à la brasserie du coin. Quand je l'ai vue manger, la faim m'est revenue. J'ai commencé à verbaliser ma tristesse. J'ai dit que c'était trop tôt pour n'avoir qu'un père. Que ma mère était ma seule relation inconditionnelle. Or sans ces liens-là, on ne prenait plus aucun risque, on se figeait. « Quand j'étais petite, j'avais tellement peur de la perdre que je redoutais qu'une dame déguisée ait pris sa place dans mon lit, pour me dire bonne nuit. Je vérifiais les détails sur son cou. » Rim n'a pas dit qu'elle connaissait déjà cette histoire, ni que ce genre d'anecdotes intimes la gênait un peu. Je lui ai volé une pomme de terre persillée dans son assiette et, le plus naturellement du monde, comme si cette décision avait été prise au moment de la commande, elle a poussé toutes les patates de mon côté. Le tas de friture, à ma portée. Ne lui restait qu'une vieille laitue aux bords marron. C'était un geste primitif, d'amour pur. J'ai tout avalé sans rien dire. Le meilleur de sa salade. Puis on a repris le chemin de l'hôpital.

Après la rupture des Tuileries, la tristesse de Rim a duré jusqu'à ce qu'une alerte somatique ait lieu. Un jour qu'elle écrivait une chronique assise sur le coffre à roulettes de son salon et alors que, plus précisément, elle cherchait un synonyme au verbe « dire » en tripotant sa joue droite, elle avait découvert une petite boule solide sous ses doigts. À l'endroit exact où Raphaël en avait une. Un kyste par mimétisme. Sur le visage. Elle a foncé dans sa salle de bains en braillant. Puis elle a appelé son auriculothérapeute russe, Evgueni, un homme qui ne sait rien des IRM. Il malaxe les lobes d'oreilles, prononce des paroles à double sens et prescrit toujours des ampoules de vitamines, mais Rim l'aime et ressort toujours de chez lui avec une meilleure conscience d'elle-même. Après le rendez-vous, elle m'a écrit pour me dire avoir compris que Raphaël ne l'avait jamais aimée autant qu'elle se l'était imaginé. « Je suis au bout de l'aimer toute seule. » Puis Anna et moi avons reçu un message vocal : « On devrait, au moins une fois par an, avoir accès au compteur du temps réellement passé par une personne à penser à nous. Cela éviterait bien des malentendus, vous ne trouvez pas ? »

Elle enchaînait avec une chanson de Genesis, qu'elle clamait dans la rue, au milieu des bagnoles. *Poum, poum, poum, poum, poum,* ça, c'était l'intro. Puis le chanteur s'indigne : il doit y avoir une erreur quelque part, il a attendu des heures sous la pluie et la fille n'est pas venue. J'ai écouté deux fois *Misunderstanding* sur YouTube et j'ai répondu que les gens qui font attendre les autres sous la pluie finissent au milieu des cimetières, dans des tombes introuvables. Que le kyste allait disparaître avec les ampoules du Russe. Et que, de toute façon, ceux qui disent que les kystes ne disparaissent pas naturellement au bout d'un moment sont des chirurgiens qui s'emmerdent au mois d'août. Je lui ai aussi envoyé *Heartbreak Hotel* de Whitney Houston et j'ai commenté : « Tu vois : elle aussi, elle a su reprendre le dessus. »

Après avoir relâché la porte cochère de l'immeuble de son guérisseur, Rim a saisi son portable et proposé un café à Niels par SMS.

— T'es où ?

— Près des Champs, chez le mec des oreilles.

— J'arrive.

Quand mon amie d'enfance s'est remise avec son sportif norvégien et timide, qu'ils ont fêté leur réconciliation avec l'achat d'un piano à queue et de nouvelles cordes d'escalade, que leur appartement a cessé d'être le royaume de l'ennui et de l'impatience, un lieu de sevrage où l'on circule comme si on avait perdu quelque chose d'imprécis, bref quand la vie familiale a cessé d'avoir un goût de sable et que le cerveau de Rim s'est rétabli, Anna et moi étions encore tout au fond de la fosse amoureuse.

*

Il est bientôt 10 heures, ce 23 mai. Daniel toque à la porte de notre chambre. Il l'entrouvre.

— Juste pour savoir, tu comptes te lever aujourd'hui ?

— Non.

8

Le mythe de Protée

Pour comprendre la débâcle d'Anna, il faut retourner sur la plage en Tunisie, le 24 décembre, où nous attendions la fête de Noël de façon ironique. Une trentaine de personnes patientaient autour de nous. Un peu en retrait, sur la dune, en surplomb, un Tunisien au visage anguleux et aux yeux transparents fumait une cigarette en même temps qu'il scannait la foule avec une immense distance intérieure. Sans réfléchir, Anna a attrapé un verre de jus d'orange sur le buffet et le lui a apporté. L'initiative était bizarre, presque inquiétante, mais l'homme d'une quarantaine d'années l'a remerciée. Elle lui a demandé s'il était client de l'hôtel et il a secoué la tête d'un air moqueur. Il s'appelait Adel et il était simplement venu soutenir son frère embauché par l'Azur pour incarner un Roi mage au spectacle qui allait suivre. Il n'a pas eu le temps d'en dire plus parce que la musique s'est mise à crépiter – *Douce nuit* à travers deux enceintes enfoncées dans le sable – et l'on a vu arriver du bout de la plage, à dos de chameau, trois jeunes hommes engoncés dans des costumes d'Aladdin. Les mages pointaient le ciel afin de mimer une difficile entreprise de repérage par les étoiles (celle de Bethléem, qui a annoncé la naissance de Jésus à Melchior, Gaspard et Balthazar, les a aussi guidés vers Jérusalem). Mais comme le ciel était ce jour-là d'un bleu total – ce genre de bleu qu'il n'est même pas besoin de vérifier –, la scène était pathétique. Dans cette atmosphère précaniculaire, les trois hommes semblaient se dire : *Tiens, s'il y avait un nuage ici, on aurait peut-être moins chaud.*

Le petit frère d'Adel lui ressemblait et il conduisait le plus grand chameau et peut-être le plus sénile puisque sa bouche produisait en continu le bruit d'une baignoire qui se vide (mais je n'y connais rien en chameau). Au bout d'un moment, les trois bêtes se sont arrêtées sur une ligne imaginaire. Des clients de l'hôtel se sont alors rués pour prendre des selfies avec eux et monter en selle à tour de rôle. D'autres ont continué de se dandiner pieds nus sur la musique. Après *Douce nuit*, *Jingle Bells* est passé, puis *Last Christmas* de George Michael dans un pays qui condamnait encore l'homosexualité. J'ai vu qu'Anna avait envie de consoler Adel de tout ce kitsch. En m'approchant d'eux, je l'ai entendue s'excuser au nom de l'Occident, et l'homme assurer que tout allait bien. Lui-même avait fait le mage, autrefois, pour payer ses études de tourisme à Tunis et il s'en était remis. Anna a continué de l'assaillir de questions personnelles, auxquelles il n'a répondu que parce qu'il la trouvait belle. Il parlait six langues et faisait visiter les villages troglodytes berbères du désert. En face du sien, qui s'appelait Chenini, il y avait un gros rocher qu'elle avait peut-être vu dans un *Star Wars*. Voyait-elle de quoi il parlait ?

— Non. J'ai vu les épisodes enfant.

— Dommage, parce que c'est le point fort de mon village.

« En tant que guide » (il commençait certaines phrases comme ça), Adel espérait que Chenini pourrait entièrement vivre du tourisme un jour. Récemment, il avait eu l'idée de commercialiser des roses de sable à l'entrée du village, ce qui marchait bien. Mais tout n'allait pas dans le bon sens : les bouteilles de plastique jetées à chaque coin de rue par les Tunisiens et les étrangers lui donnaient envie de hurler vers les sommets. L'attentat du parasol avait diminué la fréquentation. Au fond, il savait qu'il manquait de patience pour ce travail. Un jour, il avait hurlé sur un père de famille qui refusait de photographier la vue la plus spectaculaire, en plongée, de son village. Adel et l'Allemand, qui avait déjà pris 1463 photos sous la contrainte, en étaient venus aux mains. Convoqué par le maire de Chenini-Nahal, la municipalité regroupant les deux villages limitrophes, Adel s'était écrié, en fin de rendez-vous, qu'aucune soirée diapo ne devait échapper à Chenini. Cette déclaration folle lui avait immédiatement fait honte. En sortant de la mairie, il était allé s'asseoir au milieu du terrain de foot dessiné dans le sable en contrebas du village. « T'as fait une psychanalyse express », a dit Anna. « Pas vraiment non. Je ne crois pas à ces trucs », a-t-il répondu. Il regardait au loin. Mon amie fixait, dans le décolleté de sa chemise en lin, la cicatrice qui traversait son cou. Le voyant se redresser comme quelqu'un qui est sur le départ, elle a demandé si elle pouvait venir à Chenini voir ses chèvres avant de rentrer en France. Elle comparerait les siennes à celles de sa Haute-

Savoie, il y aurait des choses à dire. Il a acquiescé en éteignant sa cigarette sur le bord de sa chaussure. Entre-temps, le petit frère d'Adel s'était changé en père Noël. Il distribuait des jouets importés de Chine dont la durée de vie ne dépassait pas leur prise en main. Du plastique tombait sur le sable sans bruit et la plupart des enfants pleuraient.

Le lendemain, dans le restaurant vide au pied de Chenini, de mauvaise humeur, j'ai acheté des cartes postales du rocher *Star Wars* en pensant à mes fils. Rim et moi avons mangé un couscous gargantuesque en regardant la télé tunisienne, bu et rebu du thé à la menthe jusqu'à avoir envie de vomir. Nous avons attendu Anna des heures. À notre retour en France, sa relation avec Adel s'est consolidée par l'envoi de vidéos de leur quotidien. Elle des alentours de la gare de Lyon, lui de son village. J'imagine qu'Adel a longtemps résisté à l'idée de tomber amoureux d'une fille ayant des alertes actus sur son téléphone et utilisant le mot « libido » toutes les trois phrases. Mais en fin de compte, la curiosité d'Anna pour lui étant réelle, continue, profonde et flatteuse, une trappe s'est ouverte. De son côté, mon amie était éprise. Elle adorait que sa force physique soit égale à celle de son père, qu'il vive entouré de cette couleur ocre et qu'il ne l'oblige pas, comme les « petits bourgeois parisiens », à vivre au-dessus de ses moyens socioculturels. Elle aimait sa longue cicatrice. Un jour, Anna a reçu au journal une lettre écrite en arabe. Adel l'invitait à le rejoindre dans une grotte de Chenini. Comme Panchi tournait un documentaire en Amérique du Sud, la voie était libre. Elle a pris son billet d'avion. Au creux du rocher, Adel avait installé un lit et conçu un chemin vers lui avec des bougies. Ce soir-là, Anna et lui ont été d'accord sur tout. Profondément détendu, Adel voyait les bouteilles en plastique autrement : il les mettait dans ses oreilles pour imiter maître Yoda. Il lui a lu de la poésie et Anna adore qu'on soit capable de changer de registre. Après ça, la tension amoureuse s'est maintenue jusqu'à sa visite retour à Paris. Où, pschitt. Éloigné de chez lui, et notamment dans le métro, Adel n'était plus le même. Son charme était comme annulé. Ce séjour raté a mis Anna à distance, ce que son amant a fait semblant de tolérer jusqu'au jour où il a disparu. Numéro de téléphone : changé. Aucune réponse par mail. Alors qu'elle pensait ne plus l'aimer, Anna a vécu cette fuite comme un traumatisme. Jusqu'à notre départ en Bretagne, elle me demandait encore de lui rappeler pourquoi elle n'était pas allée vivre avec Adel dans le désert (les problèmes de scolarisation de sa fille mis à part). Elle tombait dans des vortex de perplexité.

— Armelle, je boucle. J'arrive plus à me remettre dans la peau de la fille qui a voulu le quitter. Aide-moi à la retrouver.

— Comment ?

— Je ne sais pas, trouve ! Que ne peut l'amitié conduite par l'amour ?

— Bon alors, si on convoque Racine, je pense que Racine dirait : souviens-toi que tu ne supportais pas qu'il critique le vacarme parisien. En mieux.

— Pourquoi ?

— Parce qu'il avait l'air d'un mec triste dont tu devrais t'occuper.

— Et on n'aime pas ça ?

— Pas pour vivre avec, non.

C'est en répétant cette phrase pour la millième fois que j'ai prié pour que soit un jour inventé un robot conversationnel post-rupture, concept qui fera un jour la fortune d'une personne sachant coder. Le principe est simple, il s'agit d'un chatbot, ou programme informatique, capable d'envoyer sur demande aux rejetés de l'amour des SMS consolateurs ayant déjà prouvé leur efficacité dans le cadre amical. Bien ficelés, ces messages viennent répondre aux questions répétitives produites par le désespoir amoureux (en gros, des déclinaisons de « qu'ai-je été pour lui ou elle ? ») que les amis ne peuvent plus souffrir. Ils viennent prendre le relais des humains, à la patience limitée. La machine a des centaines d'arguments en stock qu'elle envoie même au milieu de la nuit et qui consolident le renoncement, apaisent le chagrin, reconstruisent l'ego. *Il a eu peur de toi parce que t'étais trop intelligente. Il était d'une grande immaturité affective. Il ne supportait pas le désir fou que tu lui inspirais. Si tu as choisi un type aussi naze, c'est qu'au fond de toi tu voulais préserver ta famille.* Bref, de l'ego booster à disposition. De la stratégie. *Ne bouge plus avant mercredi.* De la rationalisation. *Souviens-toi que le type était géolocalisé par sa mère !* En l'occurrence, dans le cas d'Anna, le chatbot aurait pu rappeler à mon amie que si Adel avait bien été un occupant de ce qu'elle appelait sa « maison du désir », il n'avait jamais passé l'épreuve de réalité. *Imagine, toi, lui et ta fille en voiture dans un bouchon de vingt kilomètres, c'est comment ?* Ou lui apprendre que Freud définissait le désir comme « un investissement hallucinatoire du souvenir de la satisfaction » : voilà, c'est toujours bon à savoir ça. À l'occasion, la machine aurait aussi pu lui envoyer cette phrase de Frédéric Berthet : « Il n'y a pas de sentiments plus envahissants que ceux que nous n'éprouvons pas vraiment. » Celle-ci de David Lynch : « Les choses que vous imaginez sont beaucoup plus belles que la réalité. Vous savez ça, non ? » Ou cette dernière, de Nicolas Grimaldi : « Rien n'est plus improbable ni plus fantasmatique que d'attendre d'une personne la musicalité de notre vie. »

Le chatbot lui aurait fait revivre en détail, heure par heure, le séjour parisien d'Adel. À Anna, qui lui aurait demandé si cette histoire d'amour pouvait être réanimée, l'engin aurait répondu que non, qu'en amour il est malheureusement impossible d'opérer des « chocs de simplification ». Pas d'ardoise magique. Quand l'histoire commence à faire des nœuds, c'est foutu, cela devient sa nouvelle feuille de route. Ce qu'elle produit désormais en tant que machine industrielle défectueuse. Pour que cela change, il faut au moins trois siècles et une révolution industrielle. Enfin, ce génial outil aurait pu lui rappeler le mythe grec de Protée, le gardien de ces phoques mythiques portant sur eux l'odeur âcre des fonds marins. Un homme qui a le don de se métamorphoser en lion à crinière, dragon ou panthère pour se dérober aux demandes des autres personnages du récit. Il est mutant et fuyant. Mais saisi, enserré et tenu continuellement dans les bras de Ménélas (« Nous le tenons sans mollir, le cœur prêt à tout endurer »), Protée est obligé de reprendre sa forme initiale, celle d'un vieux de la mer, sage et sincère, qui répond gentiment aux questions qu'on lui pose. Une histoire qui rappelle que si le besoin de prendre des formes différentes, les plus variées et contradictoires, pour séduire, rénover, étendre ou faire rebondir le cours d'une vie existe bien, les bras fermes et têtus qui n'abandonnent pas l'étreinte permettent à la fin de redevenir nous-mêmes. Comme ce chatbot n'existe pas, j'ai dû me débrouiller seule. Par SMS, j'ai écrit à Anna :

— Quand ça va pas, demande à Panchi de te serrer fort dans ses bras et tout ira bien.

— Pourquoi ça finirait par aller bien ?

— Parce qu'on va atteindre la phase 3 de la vie, celle dans laquelle la séduction passe au second plan.

— Donne-moi des antidépresseurs.

— Non ! On les garde pour la grande vieillesse.

— Alors donne-moi de l'espoir.

— Un ami m'a écrit des choses rassurantes à propos de notre avenir proche. Je te forwarde le message.

(Voici l'email écrit par mon ami Auguste, architecte :

« D'abord, tu es jeune et beau ou jeune et belle, une fois pour toutes, je vais pas tout mettre au féminin ensuite, disons que je ne parle que de moi, c'est formidable, tu peux séduire et baiser tant que tu veux, tu n'y penses même pas, tout ça te semble très normal, naturel. Ça va disons jusqu'à quarante ou quarante-cinq ans. Ensuite, tu as la période pénible, tu en es loin, hein, ce n'est pas qu'une question d'état civil, où tu sais que tu es moins jeune et tu sens que tu es moins beau, que tu te dégrades, tu ne veux pas, c'est la déroute, tu voudrais résister, tu essaies, ça marche un peu mais bien sûr ça

ne dure pas éternellement, tu as l'impression de te noyer, beurk. Et puis inévitablement, à un moment tu comprends que c'est "fini", que ce n'est plus la peine de lutter, c'est foutu. Ça, ça peut varier beaucoup selon les gens, ça peut être cinquante-trois ans ou soixante-sept ans, mais que tu fasses comme moi, débris qui a trop profité de la vie et maintenant c'est tant pis pour lui, à cinquante-trois ou cinquante-cinq ans donc, ou que tu fasses vieux beau qui a vaillamment lutté, mais vieux beau quand même, vieux quand même, ça revient au même, c'est pathétique, ça fait de la peine. Et là, tout à coup, quand tu as compris que la lutte était terminée, tu respires, c'est fini, youha ! Tu te rends compte que tu t'en fous. Tu sais que tu es comme ça. Alors tu prends ce qui vient, avec grand plaisir, et ce qui ne vient pas, tu comprends, évidemment, tu sais que c'est normal, donc tu n'es pas triste, ça ne te déprime pas. Tu es comme libéré. Donc bref, voilà, jusqu'à quarante-cinq ans à peu près, c'était la joie, ensuite jusqu'à cinquante-trois ou cinquante-quatre ans c'était l'affolement, la lutte, la conscience de la catastrophe imminente – ouerk, pas bien – et depuis c'est le retour de l'insouciance, j'ai l'impression d'être comme un Bouddha bienveillant et tranquille. »)

Le jour de la disparition d'Adel illustrant parfaitement l'adage selon lequel les emmerdes volent en escadrille, Rim a reçu un coup de fil de son père qui lui a annoncé en oubliant de respirer qu'il venait de quitter sa mère qui à cette minute même était assise sur la balançoire du jardin de Neuilly-sur-Seine avec une boîte de somnifères dans la main. Voilà, ça n'était plus son problème parce qu'il avait rencontré une femme à la fois plus gentille et plus jeune, mais il transmettait l'information. Fin de la conversation. Comme le petit frère de Rim était barman en Thaïlande, mon amie l'a compris tout de suite, ce scénario de téléfilm lui était entièrement destiné. Après avoir raccroché avec son père, Rim a écrit pour nous demander si on pouvait traverser le périph avec elle. Direction les marronniers et les avenues désertes. Encore sous le choc de la disparition d'Adel, Anna a renoncé à prendre le métro, ce que je ne l'avais jamais vue faire. Elle est passée me prendre en taxi : « Qu'est-ce que tu fous ? Descends Armelle, le compteur tourne, la pollution aussi. » À 21 heures, notre trio s'est ainsi retrouvé dans le demi-couloir rouille de mon enfance. Avant de sonner, Rim nous a conseillé de ne pas résister au charme de sa mère. Mais au contraire d'y céder, pour lui faire du bien. Elle mettait à notre disposition un mot de passe, « pompier », qui servirait à montrer que nous n'étions pas dupes. Emmanuelle a ouvert la porte vêtue d'une robe de chambre en soie rose fuchsia, surmaquillée et possiblement ivre. Elle a surjoué la bonne humeur.

— Entrez, les filles. Tout le monde aime les sushis ? a-t-elle demandé d'une voix plus rauque que d'habitude.

— Oui ! ai-je crié comme si j'avais six ans.

La décoration du salon n'avait pas changé : des meubles Louis XV, quelques vases chinois, des petites boîtes laquées, des tapis poussiéreux. Pendant le dîner, Emmanuelle a fumé un paquet de Gitanes brunes et Anna et moi lui avons posé des questions sur les célébrités qu'elle avait fait voyager tout au long de sa carrière.

— C'est mieux que d'être pompier ! je disais régulièrement.

Un ange de l'amour passait alors entre nous trois.

Emmanuelle a adoré Anna qu'elle voyait pour la première fois et qui lui a fait encore plus de charme que moi dans mes grands jours. La soirée s'est prolongée ainsi : sur le canapé, devant « La Nouvelle Star », de M6. Nous avons picoré les sushis et descendu deux bouteilles de blanc. Pendant les coupures pub, nous nous moquions de l'andropause rampante de Jiji. « Il a même chaud sous une douche froide », a dit Emmanuelle. Le programme télé me captivait, mais j'allais régulièrement aux toilettes parce que j'étais tout aussi fascinée par ce que ma taille adulte faisait à cet appartement. Les distances étaient raccourcies. Les volumes, divisés. *Mais qu'est-ce que c'est que cette toute petite cuisine au bout de ce tout petit couloir ?* Je posais mes mains sur les angles des murs. J'avais la tentation de m'allonger par terre pour mesurer combien de moi – taille définitive – je pouvais mettre entre les anciennes chambres de Rim et de son frère. La tentation aussi de m'asseoir par terre pour voir passer les chats morts de Rim et entendre à travers le temps nos voix d'enfants, au lit, d'abord parler avec admiration de la beauté de Marina, notre prof de piano, puis inventer des scènes sexuelles débridées la mettant en scène. Au bout d'un moment, Emmanuelle s'est assoupie et Rim l'a tendrement accompagnée dans sa chambre. De retour dans le salon, elle a dit :

— Le problème, c'est que demain, elle se réveillera.

9

Le bureau du fondateur

Les locaux d'*Arts* se trouvaient au pied du métro Bréguet-Sabin, près de la place de la Bastille. Après deux ans passés à Asnières, dans un univers féminin, Anna et moi avions été débauchées à trois semaines d'intervalle, en 2010, par cet hebdomadaire culturel pointu en chute libre dans les kiosques, mais porté par un nouvel actionnaire. Six mois plus tard, Rim avait elle aussi été embauchée après que j'avais donné son nom au rédacteur en chef. Elle n'a pas hésité cinq minutes : elle laissait derrière elle quelques piges et une émission de musique sur une radio étudiante.

Pour prévenir Anna de l'arrivée de mon amie d'enfance, je lui ai écrit un mail dont la rédaction m'a pris deux heures et dans lequel je suis revenue sur la longévité de ma relation avec Rim ; nous étions davantage sœurs qu'amies, c'était le message principal. J'avais peur qu'Anna s'imagine passer au second plan. Et je redoutais leur rencontre. Sur le papier, elles n'avaient rien pour s'entendre. L'une avait besoin d'édifier son intelligence conceptuelle comme une tour, tandis que l'autre se débarrassait des questions existentielles au piano. Anna n'achèterait pas le détachement professionnel de Rim, elle serait agacée par ses vestes en queue-de-pie, son mascara épais et ses « tu vois ce que je veux dire ? » de quand elle voulait parler sérieusement. Tandis que Rim risquait de passer à côté de la profondeur analytique d'Anna, de la trouver trop sage et trop intrusive. Aucune des deux n'aimait recevoir des ordres, or les deux aimaient m'en donner. Leur relation a eu du mal à démarrer, mais au fil du temps, quelque chose de solide s'est noué entre elles. Six mois après ce mail d'introduction à Anna, elles ont pour la première fois fait quelque chose sans moi. C'était un meeting de Benoît Hamon, en 2011. En les voyant quitter le journal, je me suis demandé si elles allaient découvrir – en se parlant de ce que je disais à l'une de l'autre et inversement – qui j'étais réellement.

Puis, un dimanche de permanence, en passant devant le bureau en bordel de Rim, j'ai vu une pile de livres recouverts de post-it rédigés par Anna et j'ai compris qu'elles devenaient amies. Il y avait un bouquin sur les femmes oubliées de l'histoire, un autre sur René Dumont, le premier candidat écologiste à la présidentielle. La politique les reliait. Pendant que je regardais dans l'ordre chronologique les films intimes de Ryūsuke Hamaguchi, le Rohmer japonais, elles militaient de plus en plus souvent ensemble. *Rendez-vous place de la République à 14 heures.*

Quant à notre complicité à trois, elle s'est consolidée dans le BF (prononcé « bé-ef »). BF pour « bureau du fondateur ». Dans les locaux d'*Arts*, au fond d'un couloir, l'espace majestueux contenait une table en marbre ovale, des canapés en cuir rouge, brun et vert foncé, de gros rideaux en velours et deux lithographies de Paul Klee. Une déco datée, franc-maçonnique. Depuis le décès du fondateur du journal, la pièce restait intouchée. On n'avait pas le droit d'y boire ou d'y manger, mais on pouvait s'asseoir et discuter. C'est ici, dans cette pièce témoignant de l'âge d'or de la presse, cet espace interstitiel échappant au travail, qu'en fin de journée nous avions l'habitude de nous retrouver pour parler des amants tunisiens ou de notre éco-anxiété grandissante. C'est aussi ici qu'Anna a entendu mon amie d'enfance jouer du piano pour la première fois. Alors que je dressais la liste des récents méfaits du lactose sur mon estomac, j'avais vu le legging noir de Rim fendre l'espace et s'installer au piano. Elle avait tiré sur le drap d'un coup sec et l'avait mis en boule à ses pieds. Elle avait relevé le couvercle, et ses mains avaient entamé la valse n°1 de Chopin opus 64. Un morceau qui démarre par des mouvements de doigts si rapides qu'ils sont difficiles à croire. Un concours de virtuosité qu'on peut aussi interpréter plus doucement, mais que Rim prend comme un défi. Une pièce qu'elle jouait déjà petite devant les amis de ses parents alors qu'ayant la même prof de piano, la fameuse Marina, et le même nombre d'heures de cours qu'elle derrière moi, j'en étais encore à me demander ce qu'était véritablement une clé de *fa*. Comme je connaissais son talent par cœur, j'avais eu tout le loisir d'observer la réaction d'Anna, qui n'avait jamais pris de cours de piano. Ses sourcils bondissaient de surprise. Jusqu'à cet instant, elle avait pensé que Rim était une grosse paresseuse à la dérive, une éternelle ado fan d'électro, alors que son talent était en embuscade. Ce soir-là, avant de m'endormir, j'avais regardé une vidéo de ce même morceau joué par Daniel Barenboim à Saint-Pétersbourg en 1997. Le concert a lieu en plein air devant des milliers de personnes. Quand il attaque le morceau en trombe, la caméra est braquée sur lui, et ce qui est marrant c'est que, derrière lui, un violoniste aux cheveux blancs réagit exactement comme Anna. Haussement de sourcils, petit balancement de la tête et regard inquisiteur vers le public, *est-ce que quelqu'un entend ce que j'entends.* Au bout d'un moment, dans le BF, Anna s'est approchée du piano et a posé ses mains sur les épaules de Rim, comme si ça n'allait pas la déranger pour jouer. L'autre, qui déteste qu'on la touche, avait encore accéléré, ce que je pensais impossible.

*

Daniel n'a pas bronché quand je lui ai annoncé que je ne me lèverais pas. Il a simplement dit, amusé : « Dors et profites-en. Si tu étais née en Bretagne, tu serais maire de Pleubian et, à l'heure qu'il est, tu serais avec un syndicat. » Il a quitté la chambre et dix minutes plus tard la porte d'entrée a claqué. Il a emmené les garçons manger des crêpes chez sa mère, ou un truc du genre. Je remets les oreillers en place. Je cherche la valse de Chopin dans Apple Music. Je ne trouve pas la version de Barenboim, mais celle, plus lente, de Maria João Pires. Les premières notes m'atteignent trop profondément, des larmes me chauffent le nez. Pour chasser toute forme d'émotion véritable, j'appuie sur une vieille compilation de ma bibliothèque. Une musique d'ascenseur autrefois considérée comme branchée, *Café Del Mar volume 2*.

*

C'est aussi dans le BF qu'au retour de Tunisie ont eu lieu nos conciliabules sur Juliette, une nouvelle cheffe venue d'un magazine photo qui, dès son premier jour, nous a traitées comme si nous étions des créatures faites avec son propre corps. Il neigeait, les murs du bureau crissaient de froid, ses bras étaient nus, mais Anna, Rim et moi ne nous sommes pas méfiées. Au contraire, nos journées se sont vite résumées à essayer de lui plaire. Le soir, dans le BF, c'est d'ailleurs ce qu'on vérifiait. *Lui avait-on assez plu ?*

Comment Juliette faisait-elle pour nous aliéner ? En plus de son charme, de ses cheveux ras, de l'écart d'âge sensible de quinze ans qui permettait à la fois sa domination et notre identification, cette femme d'une intelligence supérieure avait le don de jouer avec le niveau de considération perçue, NCP. Un outil managérial efficace mais diabolique, qui consiste à faire balancer les salariés du statut de Huitième Merveille du monde à celui de crasse inutile, uniquement à l'aide d'infrasons. Juliette créait un univers à bascule. Un jour, j'étais la meilleure, la vie même. Le lendemain, ma zone de travail était méthodiquement contournée et c'est le visage d'Anna qui emplissait l'entièreté de ses pupilles (c'est terrible, mieux vaut ne pas y penser, mais les pupilles sont en réalité transparentes, pas noires).

Au fil des mois, ma relation avec Juliette est devenue compliquée. J'ai honte de cette absurdité, mais j'aurais parié qu'elle descendait d'une race d'oiseaux scrutateurs. Ses yeux lançaient des rayons verts. Elle me perçait à jour, elle repérait mes torsions et mes dénis, elle détruisait mes projets secrets. Une heure avant mon premier cours du soir de cinéma, alors que je taisais encore ce désir de réorientation, Juliette était venue me voir pour me supplier de devenir cheffe de service à la place d'une autre. « Tu es la seule à être au niveau », m'avait-elle dit alors que j'avais été ignorée le trimestre précédent. En s'éloignant de mon bureau, elle avait ajouté : « Oublie les films. C'est un rêve de gamine. »

C'est finalement quand Rim s'est bloqué le dos, de stress, que la décision a été prise dans le BF de nous éloigner de Juliette. Elle a dû le sentir, car, du jour au lendemain, nos conversations avec elle sont devenues stériles. Une série d'échecs. Je me souviens que, devant elle, mes phrases se sont mises à sonner comme des Tupperware vides tombés par terre. J'avais l'impression d'utiliser des mots-cloisons à la place de mots-murs. Des mots qui pouvaient peut-être faire illusion en tant que mots, mais qui étaient déconnectés les uns des autres, creux et ne construisaient aucun raisonnement. Je parlais. Elle était déçue. Ou alors : je la croyais déçue. Cela me déstabilisait. Je devenais – si c'était possible – encore plus banale sur le fond et sur la forme. Disons que, face à elle, je me sentais désormais comme une joueuse de tennis faible. Qui court partout, tourne sur elle-même et renvoie la balle de justesse. Juliette s'ennuyait, elle tapotait du pied, elle voulait abréger nos conversations. Tandis qu'Anna, avec sa façon de toujours ponctuer mon discours de « c'est intéressant, continue », faisait naturellement monter mon niveau de jeu. C'était d'ailleurs la marque des amitiés comme la nôtre : le tout de notre conversation était supérieur à la somme de nos intelligences. Un an après son arrivée, Juliette a été recrutée dans un quotidien national.

*

Reste à me souvenir de « mon grand réveil », dernier dans l'ordre chronologique et, je dois dire, pas le moins ridicule. Cette matinée du 23 mai est la plus difficile des trois vécues depuis notre séjour en Bretagne, mais je ne peux m'empêcher de sourire en me remémorant cette histoire.

10

L'amour du chaos

La veille de notre départ de Tunisie, j'ai parlé à un homme devant la volière de l'hôtel. Il s'est approché de moi pour me demander ce que je regardais comme ça « avec des yeux écarquillés ». J'ai répondu : « Les oiseaux, enfin j'essaie. » Il a demandé : « Y a des oiseaux ici ? » avant de s'accouder sur la rambarde et d'en convenir. Dans la poche de sa veste légère, il y avait un roman de James Ellroy dont je ne déchiffrais pas le titre. Cette première fois, j'ai appris qu'il s'appelait Manuel, qu'il était marié et père d'un ado, sociologue du sport, rugbyman de haut niveau et qu'il était venu à Djerba pour la remise de thèse d'un ami qui travaillait sur le foot tunisien. Il mesurait une tête de plus que moi. Il avait des zones de cheveux gris au-dessus de grandes oreilles rougies par le soleil. Un visage en forme de Tic Tac. Un air de Simpson, en joli. Abîmé par le sport, il traînait la jambe droite. Et il semblait d'une intelligence laborieuse, ce qui s'est confirmé par la suite : Manuel a du mal à déchiffrer ce qu'il se passe autour de lui. Tout est d'abord reçu avec un effroyable premier degré et c'est seulement en deuxième intention, comme après un temps de téléchargement, que ce qu'il a observé finit par faire sens.

L'histoire s'est poursuivie à Paris.

Les premiers temps, Manuel me regardait comme s'il avait mal quelque part. Tous les matins, à 8 h 20, j'avais droit à un message terre à terre du genre : « Tu me plais. » Ou : « Je pense à ton soutien-gorge. » Je me retenais d'écrire « Mon soutien-gorge pense aussi à toi » de peur qu'il ne le prenne au sérieux : « C'est quoi cette histoire de soutien-gorge ???? » Quand il ne pouvait pas répondre, il m'écrivait « Attends », ce que je trouvais érotique. J'avais l'impression de maîtriser la situation parce que je n'étais éblouie ni par la syntaxe de ses messages ni par la sonorité de son nom de famille. Il n'y avait pas non plus d'énigme psy, mais seulement deux infos à retenir : qu'il vivait des aventures à répétition pour prendre une revanche sur sa vie d'ancien moche et que le divorce de ses parents l'avait tellement fait souffrir qu'il se l'était interdit pour lui-même. À part ça, il avait un physique impressionnant, or la force séduit les phobiques comme moi qui pensent que le monde va basculer demain. Allongé sur un lit, il me dépassait par le haut et par le bas. Bref, cela ressemblait à l'adultère parfait, gérable, et Daniel, qui écrivait un livre sur le Paléolithique, ne se doutait de rien. Sur l'infidélité, il avait de toute façon une ligne souple : « Ça peut arriver, mais je ne veux être mis au courant que si une chose qui me concerne a été décidée. » Manuel et moi n'allions prendre aucune décision de ce genre et d'ailleurs, après trois mois de relation, mon amant en a plutôt pris une de nature inverse : il a murmuré dans mes cheveux que nous allions espacer nos rendez-vous parce qu'il changeait de travail. Je n'ai pas fait attention.

Dix jours après sa mutation, il m'écrivait beaucoup moins et j'ai réalisé que sa prise de distance modifiait ma pensée. Je n'arrivais plus tout à fait à rationaliser ses défauts qui étaient pourtant majeurs. Je me suis mise à attendre qu'il m'écrive chaque nuit, à me rendre disponible à tout moment et à le trouver spirituel. J'ai commencé à considérer que c'était le meilleur sexe de mon existence. Sans ses SMS, finalement pas si mal foutus, mes journées étaient comme aplaties. Elles avaient perdu une dimension. Restaient le restaurant d'entreprise, le métro et la famille. Le soir où il m'a finalement proposé de l'accompagner à la projection d'un documentaire sur les transfuges de classe dans le sport, j'ai espéré que notre relation reprendrait comme avant. C'était au siège du Parti communiste à Paris et la robe noire que je portais mettait en valeur mes cheveux roux. Dans le hall, nous attendions l'ouverture de la salle quand une célèbre sociologue s'est avancée vers nous à petits pas. Manuel avait été son élève à la fac, des années auparavant. La toute petite bonne femme l'avait reconnu et, venue seule, comptait s'accrocher à lui comme à un pylône en pleine déflagration. Ils ont discuté gaiement. N'ont pas été loin de se mettre des tomates cerise dans la bouche. Puis, une fois dans la salle, Manuel lui a proposé de s'asseoir à sa gauche sachant qu'à sa droite il n'y avait rien. Aucune chaise. Le couloir. J'ai ravalé ma salive. Donc il mettait – consciemment – cet amas infranchissable de chair intellectuelle entre nous. Une sociologue de bonne humeur entre nous. Pendant la projection, j'ai réfléchi à ça et maudit chacun des commentaires avisés qu'elle faisait à voix haute. Après le film, le problème s'est confirmé quand Manuel m'a dit devant le métro :

— Je ne vais plus avoir de temps pour nous.

— C'est-à-dire ?

— Avec mon nouveau boulot.

— Quoi, avec ton nouveau boulot ?

— J'ai beau avoir une grande gueule, tu sais, c'est compliqué dans ma tête. Le plus important pour moi, c'est d'être à la hauteur dans mon travail.

— On peut se voir moins souvent si tu veux.

— Je ne sais pas. Peut-être. Mais je ne sais pas si je vais avoir le temps pour moins souvent non plus.

— Je crois que si tu ne sais pas, on ferait mieux de laisser tomber.

— Oui, peut-être. Je suis désolé.

J'ai repris la parole :

— Toutes mes qualités se sont effondrées à l'intérieur de mon corps.

— Tu as beaucoup de qualités ?

— Oui, énormément.

Il a souri, puis il m'a assuré que ça n'était pas lié à moi : il était à un tournant de sa vie professionnelle et il avait besoin de recouvrer toute son énergie mentale pour briller à ce nouveau poste. La violence qu'il exerçait sur moi était à la mesure du changement qu'il vivait lui-même.

— Mais du coup, on l'achète dans quel magasin le pouvoir magique de se changer en pierre de taille quand ses intérêts sont menacés ?

— Je t'ai prévenue dès le début que je tenais à mon équilibre.

(C'est moi ou il y a quand même une différence fondamentale ici entre les hommes et les femmes ? Un fossé de genre ? Est-ce vraiment parce qu'on élève les garçons dans le culte de la réussite et les filles dans celui de l'amour ? L'éducation sexiste est-elle responsable de la prééminence du romantisme dans la psyché féminine ? Est-ce parce que les femmes ont longtemps été enfermées chez elles que, lorsqu'elles trompent, elles le font aussi entièrement ? Ou, autre hypothèse qui a ma préférence, est-ce parce que, de nature plus autonome, vis-à-vis de la figure maternelle, et plus séductrices, vis-à-vis de la figure paternelle, les femmes développent une mobilité sentimentale plus forte ? Un désir qui est à la fois ambulant et déterminé. Comme un robot qui se cogne contre des murs mais continue d'avancer. Je pense aux anciennes patientes de Freud, les hystériques de la société viennoise. Eh bien ces femmes ont des descendantes qui sont intégrées socialement, changent les couches et préparent le petit-déjeuner, mais qui aujourd'hui encore, dans un monde plus fluide et égalitaire, souffrent de l'enfermement du couple. Séductrices, elles souhaitent faire tomber les barrières, consumer leurs désirs. Passer leur vie bourgeoise au napalm. Elles souhaitent brûler la société sans âme qui les entoure. Faire éclater la norme. En fait, ces femmes sont des grands hommes, selon la formule consacrée. Elles veulent vivre mille vies et ont du mal à considérer que de la nourriture bio et des objets connectés suffisent au bonheur. Elles refusent la limitation de l'aventure amoureuse à la tendresse conjugale. Elles refusent de renoncer à la métamorphose des débuts amoureux. Ce qu'elles veulent ? Ce que l'autre n'a pas, c'est-à-dire son manque, en réponse au leur. Exploser d'amour et ne plus rien attendre.

Alors que pour un homme, allez oui je caricature, je monte en généralité, j'ai honte, mais je poursuis, le désir se distribue et le confort surpasse bien des choses. L'amour se joue à l'extérieur, comme une partie de tennis. Ainsi, le duc de Nemours prend la résolution de renoncer à Mme de Clèves. « Mais pour quitter cette entreprise, qui lui avait paru si difficile et si glorieuse, il en fallait quelque autre dont la grandeur pût l'occuper. Il se mit dans l'esprit de prendre Rhodes, dont il avait déjà eu quelque pensée. »)

Rhodes, un nouveau travail.
Désolé, j'ai changé d'objectif.
Ah.

Noyé dans ses nouvelles obligations, Manuel n'a jamais proposé de me revoir. J'ai été rayée de la surface de la terre. Je l'ai recroisé une fois ou deux dans la rue et il a fui mon regard, préférant maintenir mon existence hors de sa conscience. Il ne me manquait pas en tant que personne, mais il avait ouvert une blessure narcissique et donné lieu à une souffrance purement réflexive. *Qu'avais-je raté ? Qu'aurais-je dû faire autrement ?* Je l'enviais en pensant à la phrase de Rilke, « travailler, c'est vivre sans mourir ». Dans le secteur du travail, contrairement à celui de l'amour, on peut être trop généreux, donner sa vie sans imposer sa personne à quiconque. Au bout de deux mois de silence, j'ai envoyé un message.

— Est-ce que ça va à peu près ?

— À peu près… Des journées de quinze heures… Et toi ?

— Ça va aussi.

Après cet échange, voici le piège émotionnel dans lequel je tombe tout le temps depuis que les SMS existent.

Première étape: J'étais très fière d'avoir été aussi laconique. « Ça va aussi. » Parfait. Je l'ai dit autour de moi.

Deuxième étape: Une heure plus tard, comme il n'avait pas relancé la conversation, je me suis sentie coupable d'avoir été aussi laconique. Pensait-il que je lui en voulais de m'avoir quittée ? Imaginait-il que je boudais ?

Troisième étape: Alors que la loi suprême du texto dicte de ne jamais en envoyer deux à la suite et que j'avais par ailleurs trouvé ridicules tous ces points de suspension (le tiers de son message), j'ai eu la certitude d'avoir saccagé la potentialité d'une relation amicale en ayant été agressive.

Quatrième étape: J'ai réécrit.

J'ai balancé une photo de la terrasse ensoleillée où je me trouvais ; clin d'œil pathétique à une habitude que nous avions prise durant notre relation de nous envoyer des images de Paris. Sur la photo, on voyait dans quel quartier j'étais. Dix minutes plus tard, mon téléphone a vibré. Réponse de Manuel : « J'adore le Père-Lachaise. » C'est tout. Dans un cartoon, ma chaise se serait écroulée sous moi. Que répondre à ça ? J'ai décidé d'en rester là. Sur cette phrase absurde ou pleine de sens (si on considère qu'il nous enterrait). J'ai aussi commencé à rire. J'ai appelé Anna, qui en était encore aux vidéos avec Adel et m'a dit : « Tu sais, par nature, une relation extraconjugale détruit ta vie, ou se détruit elle-même. C'est épuisant. Laisse tomber. » Ce jour-là, quand Daniel m'a vue rentrer toute grise à la maison, il a compris. Il m'a dit : « Ton corps ne m'appartient pas, je ne l'ai pas acheté. Mais ce que tu vis là, et qui te donne une tête méchante, est sûrement une histoire avec un semi-goujat. Et on sait où mènent ces parades de singes. Page 848 de *Belle du Seigneur*, au moment où tout le monde bâille. Alors réfléchis quand même à ce que tu fais. » J'ai trouvé que sa remarque était condescendante, mais qu'elle soulevait une grande question. La plus grande de la vie amoureuse. Faut-il prendre le risque de tout recommencer (pour revivre le désir brûlant des pages 3 et 4) ou privilégier la profondeur d'une relation qui nous fait du bien ? Peut-on vivre les deux, dans le respect de tous ? Quel genre de vie veut-on ? Une vie d'artiste peut-elle repousser l'aventure ? Sur quelle solitude vient se fracasser la liberté qu'on revendique ? Et au fait, quel genre de femme voulais-je être ? Et si la réponse est Andie MacDowell, qu'a-t-elle fait ? Selon sa page Wikipedia, l'actrice est restée treize ans avec le père de ses enfants et elle vogue depuis d'homme en homme avec des cheveux argentés, aussi belle qu'il y a trente ans quand elle dressait la liste de ses amants devant un Hugh Grant fasciné, « numéro deux, trop de poils ».

Femme d'émotions violentes et de mécanismes lents (chez moi, le retour à l'état non amoureux prend des plombes), j'ai mis plusieurs semaines à me remettre de cette histoire toute vide. J'ai lu pour ça différents livres sur le désamour. Dans *Clôture de l'amour*, Pascal Rambert le décrit comme l'envie de sortir du regard de l'autre sur soi. De sa surveillance. Mais quand la relation n'est pas épuisée par le quotidien, le désamour a lieu au bout d'un temps incompressible et indéterminé. Le désamour, cela ressemble au moment où, après avoir nagé au large et fait demi-tour, les pieds du nageur touchent le sable. On ne peut pas l'anticiper précisément, mais cela finit toujours par arriver. Toc, impact. Du fantasme, du sublime, de la masse d'eau qui nous portait, il ne reste plus rien. Une fois sur la terre ferme, l'aimé nous apparaît soudain tel que les autres l'ont toujours vu. Désenchanté. Après la collision avec le sol, le silence et le calme s'installent en soi. Le silence : aussi concret qu'un morceau de pomme en travers de la gorge. Les questions sont épuisées. Tout d'un coup, l'imagination liée à la prise de contact ne fonctionne plus. Son sifflet est coupé. Les moments partagés avec l'autre retombent à leur juste valeur marchande. Ses défauts nous attendrissent encore, mais ils ne font plus l'objet d'aucun culte. L'autre devient un ex, c'est-à-dire une personne à qui l'on écrit parfois, sans trop savoir pourquoi. Sans doute parce qu'une somme de circonstances floues a déclenché, pour une seconde, une lame de fond nostalgique. Dans *Jane, un meurtre*, l'autrice américaine Maggie Nelson enquête sur le meurtre de sa jeune tante, alors étudiante en droit. Elle prend contact avec l'ancien amoureux de sa parente qui, trente ans après les faits, se souvient parfaitement de leur amour. Ses souvenirs sont d'une telle netteté… En lisant ce passage, j'ai pensé : « Les histoires sont passées, mais elles restent. » J'ai compris qu'il existe un patrimoine amoureux qu'on peut consigner chez le notaire. J'ai pensé qu'il faudrait s'en souvenir : qu'après la passion et la douleur vient le meilleur moment dans le sens où les comptes sont clos et où ce qui a été perdu redevient un acquis. Le désir ne cloue plus le ventre. Il se conserve comme une greffe. Il se conservera tant que la mémoire tiendra bon. Cette complicité, cet accord tacite que quelque chose d'unique et de parfois magnifique s'est produit, c'est vraiment rassurant. Ou du moins ça l'était, dans le monde d'avant la Bretagne.

Le soir du 31 décembre 2014, à l'Azur, nous avons fêté notre départ de Tunisie au houmous et au vin cachère. Nous avons dansé sur le premier album de Kendrick Lamar en jean et maillot de bain, et, comme le soleil se couchait dans l'axe de la fenêtre, qu'il était rouge et fort et qu'il nous éclairait comme un spot, nous étions flamboyantes. C'était le tableau final de cette équipée suave en Tunisie, l'apogée de notre crise d'adolescence post-maternelle. Les désillusions suivraient. Cette nuit-là, nous avons joué au Monopoly tunisien puis au tarot, et Rim a tout gagné parce qu'elle a l'extrême patience de compter les atouts. C'était un de ces moments particuliers de l'existence où rien de négatif ne circule dans l'air. Nous étions sur la même note. Riant des mêmes choses, craignant les mêmes choses. Un jour, ma mère m'a dit qu'elle était curieuse de savoir à quoi ressemblaient les dernières secondes de la vie. Elle espérait qu'elles seraient intéressantes, bien que ma grand-mère les ait passées à jeter des couvertures au sol. Pour ma part, j'espérais que ces moments de joie amicale tournoieraient autour de nous jusqu'à l'épuisement. Je me suis endormie sur une jambe d'Anna, qui me conseillait de prendre le cinéma plus au sérieux. Pourquoi pas un film sur l'amitié féminine ? « Bouge-toi. Sinon, la vie, elle va passer, t'auras comme pas vécu. » Ce sont les derniers mots que j'ai entendus.

Dans le vol retour pour Paris, j'ai créé le groupe « Le grand réveil tunisien » succédant sur WhatsApp à « Bébés de l'Atlantique », et durant les deux années qui ont suivi, des milliers de messages ont nourri ce canal. Beaucoup de conseils sur les amoureux de Djerba. Des extraits de livres ou d'articles sur la maternité ou le maintien du désir dans le couple (la thérapeute belge Esther Perel : « Penser que votre compagnon se barre le soir même, tous les jours »), l'utilité de celui-ci (« On se met peut-être en couple pour devenir l'être de parole que nous sommes, pour faire advenir le *parlêtre* comme dirait Lacan »), la plainte (comme fixation répétitive qui alimente le chagrin au lieu de l'épuiser) ou le fait de vieillir en tant que femme (la militante féministe Gloria Steinem : « Entre douze et soixante ans, les hormones et les jeux de rôle assignés aux deux sexes faussent la donne. L'âge venant, le naturel reprend heureusement le dessus. Je redeviens aussi libre que la petite fille de huit ans qui adorait grimper aux arbres »). Dans ce groupe, nous avons aussi échangé une multitude de selfies avec un doigt posé sur une tranche du nez parce que c'était le signe de ralliement qu'Anna avait inventé au moment de nous dire au revoir à Roissy, après cette drôle de semaine.

II

OUEST

À 14 heures, Daniel rentre à la maison. De retour dans notre chambre, il installe sans me demander mon avis une chaise en plastique sur notre balcon toujours aussi dénudé et couvert de mégots. C'est pour que je me lève, dit-il, et qu'il puisse aérer cette pièce qui « sent la maladie ». J'accepte le deal pour qu'il reparte. J'enfile un pull sur mon pyjama, je tire sur mes épaisses chaussettes de sport, je m'assois dehors et contemple l'immeuble d'en face. Au deuxième étage, le sol est bâché et une cloison est trouée en son milieu. Cet appartement est dans le même état que moi.

1

Refroidissement

Ce qu'il s'est passé ensuite, c'est que trois ans et demi après Djerba, en mars 2018, nous sommes parties en Bretagne Nord. Je me souviens que, le matin du départ, un gros vent soufflait dans les rues de Paris. J'avais compté dans le métro et il me semblait que c'était le trente-troisième rendez-vous à la gare Montparnasse de ma vie. Comme d'habitude, j'avais quarante minutes d'avance. À la boutique Relay, j'avais acheté un chargeur pour iPhone de marque obscure, mais avec la bonne connectique. J'avais aussi envoyé un SMS aux filles pour leur dire où j'étais positionnée, au début d'une voie sans train, loin du tableau des départs qui excite inutilement l'attente. Je patientais près d'un sexagénaire massif au tee-shirt *Je déteste les Irlandais* et, paradoxalement, une cornemuse sous le bras. Pour m'occuper, j'avais démêlé mes écouteurs et mis la quarante-huitième minute de *La Traviata,* quand Germont, le père d'Alfredo, explique à Violetta qu'il faut rompre avec son fils pour sauver l'honneur de sa famille et qu'elle répond : « Ah, comprendo. »

C'est ce que j'écoute quand je me fais du souci, pour me dire qu'il y a plus grave.

Après la Tunisie, nous avions souvent parlé de repartir ensemble et le mardi précédent, dans le restaurant indien près du journal, notre premier déjeuner à trois depuis longtemps, cela s'était encore produit : Anna avait proposé un week-end au Havre parce qu'elle adorait l'architecte Auguste Perret – et ne mangeait jamais le riz de son poulet butternut, que j'avais terminé en maudissant cette boulimie d'enfant qui me poursuivait. On avait imaginé dix secondes les modalités de ce voyage alors qu'il était clair que personne n'y croyait. Mais quelques heures plus tard, j'avais fait basculer l'histoire. Je leur avais envoyé par mail un article de *Ouest-France* à propos d'une maison de gardien de phare ouverte à la location en baie de Morlaix. Devant les images spectaculaires de cette petite île, les discussions avaient repris. C'était original. Cela allait procurer un « rapport immédiat avec la mer », comme l'avait écrit Anna qui citait Foucault. Une bonne histoire à raconter. On essaierait de reproduire l'osmose tunisienne, même si tout était différent, ai-je pensé. En quittant le journal, ce soir-là, nous nous étions mises d'accord pour une réservation la semaine suivante. En rentrant chez elle, Anna a donné un bain à sa fille, puis elle s'est occupée des billets de train et de la location des trois kayaks pour atteindre l'île, et je l'ai remerciée cent fois par SMS. Ce même soir, mon fils cadet m'a interrompue dans la lecture d'un livre : « Refais ça que je compte les lignes. » Quoi ça ? « Plisser ton front. »

C'était une excellente idée de dégager quelques jours. *Pour penser mon front comme une surface lisse.* Mais en voyant

Rim et Anna converger vers le sexagénaire et moi dans le hall de la gare Montparnasse, ma poitrine s'est gonflée comme le cou d'un animal aquatique. J'ai senti que je portais sur mes épaules le poids de ce séjour et de l'entente générale. J'ai perçu un danger. *Était-ce malin de nous isoler sur cette île déserte alors que notre amitié vivait des instants difficiles ?* Nos conversations d'autrefois avaient été fluides, des contributions égalitaires et des désaccords vertueux, on riait de s'agacer. Mais, ces derniers mois, nous étions peu à peu entrées dans l'ère de la contradiction permanente. Les remarques castratrices s'enchaînaient. « Rabaisser l'autre » se dit *belittle* en anglais. C'était devenu notre principale activité intérieure. Et quand, dans le meilleur des cas, nos confidences ne convoquaient pas la négativité des deux autres, elles étaient démembrées. *Tiens, ce que tu dis me fait penser à ce drôle de truc me concernant.*

Ce trio ne fonctionnait plus. La jeunesse, la sororité, la maternité et la post-maternité étaient derrière nous, chacune était prise dans ses occupations de préquadra. À trente-huit ans, nous nous engagions dans la fameuse quête de sens de la seconde partie de la vie. Plus de temps pour débriefer des textos et autres activités de ce genre. Rim étudiait le piano à haute dose avec l'objectif secret de jouer une œuvre écrite par son arrière-grand-père avec un jeu de pédales insensé. La nuit, au lieu de faire la fête, elle travaillait sa partition et, le lendemain devant la machine à café, elle déclarait en tapotant ses cernes : « Je continue de voir les autres s'amuser sur Instagram, mais ça ne me fait rien, je les trouve vides. » Anna s'était lancée dans une psychanalyse didactique, trois fois par semaine, qui l'éloignait de nous et que je considérais avec jalousie parce que je n'étais pas aussi investie dans ma propre cure. Elle parlait tant de psychogénéalogie que je la voyais parfois se dégoûter d'elle-même (au regard des problèmes d'ordre climatique).

Quant à moi, je louais depuis un an une ancienne cellule de nonne de la Goutte-d'Or, où j'écrivais à un rythme industriel des courts métrages. La plupart d'entre eux dormaient dans un tiroir, mais j'avais réussi à tourner le dernier et il avait eu du succès dans les festivals. Pour me rendre de chez moi à cette pièce, il fallait passer à travers les peaux mortes des boucheries de la rue Myrha, pendants organiques des tissus du marché Saint-Pierre, de l'autre côté du boulevard Barbès. Le jour où j'avais obtenu les clés, Daniel m'avait offert des éponges argentées, un mini-aspirateur Hoover et un balai à chiottes violet. Il m'avait dit: «Je gère les enfants, travaille.» Puis il m'avait laissée là, dans cette boîte au plafond haut, avec des vignes dégringolant au bord de la fenêtre, parfaitement seule, et j'avais eu une révélation divine. Retrouvé, l'état naturel de mon enfance. Cette solitude profonde me donnait la sensation de balancer ma tête d'avant en arrière. J'ai réalisé à quel point les autres m'obligeaient par leur existence même. J'avoue avoir aussi pensé qu'il faudrait sacrifier des liens, au plus vite, tant cet ascétisme me ressemblait.

Et puis, concernant les histoires d'amour, nous y avions temporairement renoncé. À près de quarante ans, nous avions réintégré le couloir aux fleurs de lys avec une forme de soulagement. L'idée du maillot deux pièces et des bras fermes s'éloignait doucement. Les sensations *pétillantes*, les pulsations, l'hyper-existence, ça serait pour une prochaine vie. Nous considérions les pères de nos enfants avec indulgence et résignation. En ce jour de départ, nous portions toutes les trois des pulls marins Saint James, blancs à rayures bleues, mais l'harmonie amicale s'arrêtait là. Rim et Anna ne bénéficiaient plus du crédit considérable et de l'aveuglement que j'octroyais à mes enfants ou à mes propres opinions. Sur le quai du train, je regardais leurs nuques avancer en pesant leurs apports dans ma vie. J'étais agacée. Je trouvais que l'une aspirait mon suc et que l'autre n'en finissait pas, depuis mes cinq ans, de me donner des ordres. Tandis que, je le sentais, elles se méfiaient de mes nouvelles ambitions professionnelles.

À raison ? Peut-être que oui. Assise sur mon siège, j'ai vérifié à l'aveugle l'état de la poubelle grise en métal dont le couvercle semblait pour une fois bien accroché à la base et j'ai pensé à toutes les questions soulevées par le premier long métrage que j'écrivais. Sous mes paupières fermées, entre une ligne rouge et des points verts, m'est apparue cette résolution d'enfant, celle de n'être *ni une victime, désacralisée, à terre, ni un bourreau n'écoutant que sa propre voix*. Un équilibre d'autant plus difficile à atteindre que l'écriture, justement, me faisait être les deux en même temps. Elle faisait fusionner le faible et le fort en moi. Elle consolidait ma subjectivité au détriment des autres. Je lâchais le statut de dominée pour celui de maîtresse du récit, et ainsi de suite. « Décrire, c'est déjà se venger », écrit Flaubert à Sand. Alors, en les voyant ranger leurs sacs en hauteur, au-dessus du carré familial, je me suis demandé : *Peut-on manipuler des souvenirs communs et conserver ses amies ? Rester aimable en ayant changé d'objectifs profonds ? Et la jouissance de n'écouter que sa propre voix, son idée des choses, sa mémoire à trous, peut-elle s'exercer sans tout détruire autour de soi ?*

Le train roulait à pleine vitesse. C'était une lumière nette du matin, les détails du paysage ressortaient bien et je jouais au jeu qui consistait à plaindre les propriétaires des maisons qui ont vu débarquer la ligne du TGV au fond de leur jardin dans les années 90 : *belle ferme en pierre, pas de chance.* Affalées sur leur siège, mes amies regardaient leur portable quand, en gare de Guingamp, est monté un couple qui s'est assis sur des sièges duo, à côté de nous. Je leur donnais une vingtaine d'années. Le garçon avait un visage fin greffé sur un cou large type Javier Bardem. Avec son menton en galoche, la fille blonde avait un profil de demi-lune. Sous son manteau de pluie, elle portait une chemise vaporeuse d'un autre siècle. Jolie, froide, sa bouche s'ouvrait à peine quand elle parlait. Pas d'efforts de diction, et son comportement était celui d'une princesse importunée. Une fabrique à phrases castratrices. « Je n'ai réalisé qu'au café que ton frère était stupide », l'a-t-on entendue dire. Ils étaient des adultes n'ayant pas encore plongé de racines dans l'existence. Anna et moi avons fermé les yeux pour mieux les écouter.

De ce que j'ai compris, Clémence entamait un cursus de droit à l'université d'Oxford, où Louis étudiait déjà. Pour lutter contre le sentiment d'insignifiance, de petitesse professionnelle, qui m'a alors étreinte, j'ai ouvert un groupe WhatsApp baptisé « Rationalisation critique des passagers 72 et 73 ». Anna s'est tout de suite mise en ligne tandis que Rim a attendu quatorze vibrations. Son attention a finalement été obtenue grâce à l'insistance des notifications générées par des serveurs californiens – alors même que son bras frôlait le mien. Elle s'est penchée brutalement pour voir ceux dont on parlait, les a regardés en tirant sur la paille de son smoothie kiwi et a levé les yeux au ciel. *Des premiers de la classe, respirent l'ennui,* a-t-elle écrit dans le groupe. Elle a demandé si on les trouvait excitants. J'ai admis que oui, le cou du garçon, mais aussi la fille qui pouvait sûrement courir nue sans perdre sa dignité. Sur la dimension excitante du couple, Anna n'a pas répondu : elle fait partie de ces rares personnes qui osent esquiver des questions posées à l'écrit. Mais tous ses sens étaient tendus vers le couple et il était clair qu'elle était aussi fascinée que moi par son grain aristocratique. Aucune de nous trois n'a grandi avec le combo qui rend invincible : sécurité affective, sentiment d'importance et pouvoir économique. Cinq minutes plus tard, dans le groupe :

Anna — Louis de Lampierre et Clémence d'Astor.

Moi — Quoi ?

Anna — Le nom des voisins.

Moi — On dirait une blague.

Elle n'a pas répondu. J'ai relancé :

Moi — Dis donc l'arbre généalogique de la famille du type remonte à 1196 + le buste d'un de ses ancêtres trône dans la galerie des Batailles à Versailles.

Anna — FDD [« foi de Dieu », son expression fétiche]. À chaque époque, un Lampierre a réalisé un exploit.

Moi — Mais à notre époque, Louis a lancé un crayon à papier sur la fille.

Anna — Certes, mais comment être héroïque dans un train ?

Moi — En montant sur le toit? En distribuant des vivres ?

Anna — Son arrière-grand-père a remporté plusieurs batailles décisives de la Première Guerre mondiale.

Rim — Tous nos arrière-grands-pères l'ont faite.

Moi — Oui mais les nôtres n'ont pas mené des escadrons.

Anna — Ils sont tombés dans des trous.

Rim — Parlez pour vous. Y a eu des décorations dans ma famille.

À l'approche de Morlaix, Louis et Clémence se sont levés eux aussi et nous avons marché en file indienne vers la sortie. Avant que le train s'arrête, guidée par une force infantile, j'ai sorti mon livre de la poche extérieure de la valise et j'ai dit tout haut : « Comme c'est parti, je vais finir *La Montagne magique* ce week-end. Ça m'aura pris quatre jours, cette histoire. » Louis m'a regardée : Thomas Mann fait toujours son effet. Anna m'a fait un clin d'œil, le premier depuis des siècles : il fallait au moins ça pour que ces jeunes nous remarquent. En marchant dans la gare, j'ai hésité à poursuivre sur Mann, mais ça aurait été pathétique, grillé, et le binôme a dévié sur la droite pour rejoindre une voiture américaine de collection garée en travers du parvis dont a surgi une quinquagénaire au décolleté cramé. Toute ironie disparue, le jeune homme s'est écrié : « Bonjour Virginie ! » La mère de Clémence. Le menton, identique à celui de sa fille, avait dû traverser les siècles. Elle portait un tee-shirt rose *Paroisse de Saint-*

Cloud. Les trois nobles sont montés dans la décapotable. Nos valises posées sur nos pieds, les bras le long du corps, Anna et moi l'avons regardée s'extirper du parking tandis que Rim jouait avec un briquet. Il faut savoir que mon amie n'éprouve jamais de fascination pour les autres. Se défend de leurs succès par des poussées d'ego qui lui font croire qu'elle-même peut tout. Elle s'arme, se barricade, pour ne pas laisser approcher les réalisations des autres. Elle organise ainsi un flou autour de la véritable position qu'elle occupe dans le monde. Sûrement une force dans la vie, mais agaçant. Comme l'a un jour dit Victor Hugo et comme je lui répétais souvent depuis que je le savais, « il y a dans l'admiration je ne sais quoi de fortifiant qui dignifie et grandit l'intelligence ».

Notre groupe s'est dirigé silencieusement vers la file de taxis où une jeune fille avec un piercing en forme de cône dans le menton nous a ouvert sa portière arrière. « Bonjour, je suis Anne-Gaëlle. Mais tout le monde m'appelle Anne-Ga. Montez ! » Anna a demandé si elle pouvait s'asseoir à côté d'elle, à l'avant. La fille a acquiescé et comme si cette autorisation valait carte blanche pour prendre le contrôle du véhicule, mon amie a aussi ouvert les fenêtres et baissé le volume de la radio. France Bleu anéantie, elle s'est imposée comme la cheffe de l'habitacle. Je connaissais la suite : elle allait diriger la conversation, s'engouffrer dans la vie de la fille afin d'obtenir des détails. Pour ralentir son inéluctable transformation en « Parisienne de base », Anna questionne les Français sur leur situation financière. Elle incorpore d'autres budgets que le sien. J'ai entendu notre conductrice lui expliquer qu'elle stationnait à Morlaix parce que la rade de Brest était vide ces temps-ci. Cela faisait de longs trajets quotidiens, oui. Anna l'a encouragée d'un « qui doivent te coûter cher en essence » et l'autre a foncé en lui donnant un montant. Anna a poursuivi sur son revenu mensuel. « Ça paie pas beaucoup », a-t-elle admis, il lui restait six cents euros pour vivre. « Mais sillonner la Bretagne, c'est pas déplaisant, on va dire. Y a pire. » (Seulement quand je l'ai entendue dire qu'elle habitait Landerneau, j'ai lancé, du siège arrière : « Ah ! comme dans l'expression ça va faire du bruit dans Landerneau. » Mais, comment était-ce possible, cela ne lui disait rien. La génération réseaux sociaux ? Une extraterrestre ? Ou alors, sans m'en rendre compte, j'avais parlé avec un drôle d'accent wallon.) Après avoir passé en revue le prix des loyers et du poisson, Anna a touché du doigt le stade de l'ennui. Elle a fermé sa fenêtre, a poussé le son de la radio, et elle a dit à la fille que le coin resterait vivable dans vingt ans, avec deux degrés de plus.

Le vieux poste noir, sans prise USB, affichait midi. Plus personne ne parlait quand nous avons longé la rivière de Morlaix à faible allure. À marée basse, tapissé d'algues, son lit ressemblait au chemin d'un conte fantastique. Plus loin, la commune de Carantec détonnait du reste de la Bretagne Nord. C'était une station balnéaire riche, propre, construite, fleurie. Un lieu qui ne donnait pas envie de pleurer. Rien à voir avec la ville de Tréguier par exemple, à moins de cent kilomètres de là, avec son ciel bas, ses poutres, sa cathédrale, ses pentes moyenâgeuses, ses champs d'artichauts millénaires et, lorsqu'elle apparaît enfin, la mer pèse le poids du passé. Sur la côte, à

Plougrescant, il arrive même que des fantômes sépia sortent la tête de l'eau pour vous adresser un sourire énigmatique. À Carantec, la masse d'eau était comme neuve. Ultraliquide et peuplée de coraux. Turquoise au bord à cause de la faible profondeur de la baie ; sombre et couverte de petits éclairs ensuite. La mer des Caraïbes en plus intéressante parce que des îlots en granit ponctuent le liquide et renforcent son effet de puissance. À travers le pare-brise sale, Anne-Ga a montré le château du Taureau que la lumière de la mi-journée repeignait en doré. Un fort dans le genre de Boyard, construit à la suite d'un pillage des Anglais en 1522 (suivi d'un massacre de ces mêmes soldats avinés par des Français, a-t-elle dit, et j'ai constaté que cela me faisait plaisir). En ralentissant pour nous laisser le temps de l'admirer, Anne-Ga a murmuré : « Une fois sur l'île, vous ne devriez pas vous lasser de la vue sur le Taureau. Il est à la fois proche et lointain. »

À côté du fort se trouvait un caillou, l'île Noire, qui avait inspiré Hergé lors d'un séjour à quelques kilomètres d'ici, à Locquénolé, a-t-elle ajouté. Je me suis tue à cause de ce drôle d'accent wallon, mais j'ai pensé en moi-même que tous les monticules en granit pouvaient revendiquer la paternité de la couverture de Tintin. En voyant la jeune fille désigner ces lieux touristiques, j'ai pensé à Daniel qui, lorsqu'il conduit, pointe du doigt la route sur laquelle il se trouve pour se rappeler qu'il doit la suivre. J'aurais préféré passer le week-end avec lui ; moins d'efforts à faire. Les cheveux clairs d'Anna étaient écrasés sur l'appui-tête devant moi. Anne-Ga lui montrait l'île sur laquelle nous allions. « C'est là-bas que vous allez passer vos deux prochains jours. » Sur le rocher grand comme deux terrains de foot se trouvaient un phare et une maison attenante. Le phare avait été construit en 1857 pour réduire le nombre de naufrages dans la baie et, grâce à lui, les cadavres avaient effectivement arrêté de s'accumuler dans les fonds marins, a dit Anne-Ga. Pendant plus de cent ans, des gardiens s'y étaient succédé jusqu'à ce qu'il soit automatisé dans les années 60. Durant le demi-siècle qui avait suivi, l'île était restée aussi vide qu'une terre immergée. Sa mue en gîte touristique remontait à 2008, date à laquelle l'électricité avait pu être installée. Cela faisait donc dix ans que des touristes venaient troubler son silence chaque week-end. Sauf en cas de tempête. « Les touristes sont très prudents. Il n'y a aucun accident à déplorer », a dit notre conductrice en tournant brutalement sur une route menant au front de mer. Deux minutes plus tard, elle a freiné devant une plage striée de catamarans : « Le responsable du club de voile doit vous attendre. » Nous sommes descendues, nous avons fait des gestes pour la remercier et elle a bizarrement redémarré sans dire au revoir.

2

Kill Instagram

Comme la mer était agitée, le directeur du centre nautique a décidé de nous conduire sur l'île en zodiac plutôt que de nous confier les kayaks réservés pour la traversée. L'homme était grand et portait un gilet de sauvetage vert pomme, même sur la terre ferme, même pour imprimer des factures. « Son teint de Breton a été englouti par la semaine de canicule de février », m'a dit Anna avec inquiétude. C'était stressant qu'elle parle non-stop du climat. Mais il fallait bien l'admettre, la peau du gars était effectivement d'un marron homogène et éclatant. Et le voir, quelques minutes plus tard, pousser son bateau orange sur le sable jaune donnait bien l'impression de vivre dans un monde excessif. Ce Thierry Lhermitte période fauve nous a fait asseoir du même côté du bateau, ce qui était contre-intuitif, et n'a pas navigué en ligne droite vers l'île, ce qui l'était aussi. L'homme suivait une route maritime qu'il était le seul à connaître. Posée sur le volant du bateau, sa main était aussi grande qu'une pelle. La paume était bandée et séchée par le sel. *Louët,* a-t-il dit, signifie « gris » en breton. Comme la teinte de ses yeux qui sont des *doualagad*, ai-je pensé. Anna a réclamé d'autres couleurs. Il lui a crié des mots par-dessus le bruit du moteur. *Mouk* désignait le violet, rouge se disait *ruz*, et *damruz* (presque rouge) se traduisait par rose. Ce badinage l'a fait accélérer sans qu'il s'en rende compte. Les lèvres d'Anna formaient et reformaient le mot *mouk*, qui l'amusait. Le zodiac avançait trop vite, j'avais peur de tomber en arrière et d'être décapitée par les hélices. Les cheveux clairs d'Anna tapaient contre sa parka trop ample. Son habitat naturel : le sommet des montagnes ou l'abord des bâtiments d'architecture, mais elle était aussi très belle ici, en pleine mer.

À l'approche du débarcadère, Rim a sorti son téléphone portable. Le moteur était coupé, le bateau tanguait. Elle a attendu que l'île et la mer remplissent le cadre dans les proportions idéales de deux tiers/un tiers, mitraillé le paysage, appliqué des filtres et posté en moins d'une minute plusieurs images sur Instagram, puis elle les a ajoutées en story en leur accolant un remix de Nolwenn Leroy. Sur son compte très suivi, Rim publiait des photos de concert, de fleurs séchées pendues au plafond par Niels, de toutes sortes de néons, d'œuvres d'art contemporain disposées dans des églises froides. Ou des vidéos d'elle en train de jouer du piano, les jambes nues. Passé derrière sa tête, sur le bateau, un regard subliminal entre Anna et moi : nous pensons historiquement beaucoup de mal d'Instagram. Nous pensons qu'il y a dessus d'un côté des gens qui font l'amour avec eux-mêmes et de l'autre des voyeurs cherchant à relativiser le plaisir auquel ils sont exposés. À cette époque, Anna portait pour dormir un tee-shirt *Kill Instagram* et regrettait que ce réseau nourrisse chez elle une FOMO (« *fear of missing out* »). Il ramenait sa vie au statut de minivie en comparaison de celles des autres, prétendument fascinantes. « Je ne comprends pas pourquoi les gens acceptent de fabriquer des panneaux publicitaires de leur existence, de contribuer à cette propagande oppressive, alors qu'ils savent bien qu'ils luttent comme tout le monde avec ce qu'ils ont et que, derrière ces images de plages paradisiaques, il y a des problèmes de toilettes bouchées et de dépendance à la coke », disait-elle quand ça se remettait à l'énerver. Puis elle se lançait dans des considérations psychanalytiques. Elle décrivait le narcissisme infantile qui fait régner un Soi grandiose, exhibitionniste et tout-puissant. C'était suffisamment difficile comme ça d'y renoncer à l'âge adulte, sans avoir à supporter toutes ces images manipulées, disait-elle. En privé, Rim affirmait qu'Anna était une impératrice mécontente, frustrée qu'Instagram lui montre tous ces territoires perdus. Et aussi qu'être critique de théâtre ne la rendait pas franchement moderne. Quant à moi, j'utilisais la plateforme en pleine conscience. Je ne boudais pas le plaisir régressif des *likes*. Lorsque je postais une image, je me visualisais en train de faire des grands jetés en tutu rose. Le bonheur et le partage se réclament l'un et l'autre, pensais-je pour me justifier. La beauté d'un paysage se vit presque comme une privation si personne n'est là pour le voir avec nous. Mais je ne publiais jamais de selfies, car même si je comprenais la jouissance que procure le fait de projeter son plus beau visage devant mille yeux, comme une bombe à particules, j'échouais toujours à trouver un prétexte. Je remarque que l'usage récent consiste à les coupler à du contexte comme dans les cases de BD (« premier jour d'automne »), ce qui me déprime, je veux dire, le fait que les gens légendent leurs têtes avec des métadonnées. Cela étant dit, il m'arrive aussi de trouver bouleversantes ces preuves de vie non réclamées, ces autoportraits venus en renfort du moi idéal. Je suis touchée par ces shootings artisanaux, pour ce qu'ils disent de la difficulté qu'il y a – justement – à ne pas toujours ressembler à ces images.

Le bateau tanguait tellement que Thierry Lhermitte a renoncé à nous faire débarquer à la coule. Le marin a attrapé la plateforme en béton à deux mains et l'a serrée au point que tous ses doigts sont devenus blancs. Il a rapproché le zodiac de la dalle à la force de ses cuisses et il a accroché la corde passée sous son bras au taquet d'amarrage. Le pourtour boudiné du bateau tapait contre les rochers. Thierry a d'autant plus hésité à nous dire d'y aller qu'il nous jugeait non sportives, ce qui est injuste pour les épaules de Rim. Mon amie d'enfance y est allée la première, elle a posé ses mains sur la plateforme et hisser son corps à la seule puissance de ses bras. Monte-charge dans une autre vie. Thierry a sifflé d'admiration en lui tendant son gros sac Adidas. Puis, la pression, c'était mon tour. Rim m'a tendu la main comme le jour de la statue du duc d'Orléans. J'ai pensé une seconde à mon coude déglingué, à la sensation de rouille, de mécanique lourde, qui date de ce jour-là, et alors qu'elle proposait gentiment de m'aider à la rejoindre, et que mon regard était levé vers elle, je l'ai moins aimée.

Cette main tendue me rappelait le duc, mais aussi nos matinées à la piscine de Vanves quand Rim me tirait hors des bassins parce que je n'arrivais pas à sortir sans échelle. Ces heures de piscine étaient désagréables parce que mon amie passait son temps à faire des doubles saltos arrière du plus haut plongeoir, celui de dix mètres, tandis qu'en contrebas ma mère nageait contre le ramollissement de ses tissus. J'avais au-dessus de moi ce que je ne serais jamais et dans le bassin, au-dessous de moi, ce que je serais plus tard. Sortie de l'eau sans chlore de Vanves, Rim marchait lentement vers moi avec sa serviette autour du cou. À ma hauteur, elle lançait : « Si je ne faisais pas de sport, j'en mourrais. » Invérifiable. Mais j'étais accablée par le romantisme de cette déclaration. *Arrête de te la raconter, on mourra tous un jour, en un sens, de ne pas avoir fait assez de sport.* J'étais si exaspérée par sa tonicité heureuse que je me repliais du côté des toboggans, mon domaine. Puis juste avant midi, je craquais. Attirée par sa gloire auprès des autres enfants, l'agglomération de fans autour d'elle, je la rejoignais sur le plongeoir de dix mètres rien que pour montrer à tous ces ploucs qui était son amie. Une fois là-haut, impossible de rebrousser chemin et le fait que ça soit à moi de sauter finissait par faire consensus. Terrorisée, je ne sais pas par quel processus moteur ou mental mon corps tombait de la plateforme dans la même posture que si quelqu'un l'avait poussé. Le torse en avant, une jambe en équerre. À l'arrivée, ma cuisse frappait l'eau sur toute la longueur, et mon muscle adducteur se fissurait en profondeur comme une télé tombée par terre. Avec des picotements et une sensation d'osselets en errance dans la jambe, mais aussi avec un air très décontracté, je quittais le bassin. Assise sur un banc en métal, enroulée dans une serviette trop petite (des aisselles aux hanches), j'avais la sensation d'être un gigot luttant pour vivre dans le monde des humains. Une gelée à la fraise enfoncée dans un gant de toilette. C'était le retour du filet de pêche et de la haine de soi. Et ce n'était qu'un début. Le plus grave se déroulait ensuite, dans la voiture, quand de sa voix rauque Rim me faisait croire que j'étais devenue bête à cause de la chute. Son plaisir post-piscine. Il faut savoir qu'enfant je me représentais le cerveau comme un tuyau à la merci d'une pensée trop importante, ou trop ramifiée, qui le boucherait comme un conduit de lavabo. J'avais peur de soudainement ne plus savoir lire ou parler. Rim, qui savait tout ça, engageait une conversation anodine, puis elle finissait par dire : « Bah voilà, aucun doute, t'es devenue débile. Fallait pas atterrir sur la tête. » « C'est la jambe qui a pris », lui répondais-je, sans plus en être sûre. Rim coiffait le dessous de ses cheveux noirs avec sa brosse en plastique. Son visage camouflé, il était impossible de dire si elle se moquait de moi. Alors je me mettais à réfléchir pour voir si j'y arrivais toujours. Si elle disait vrai, pensais-je, il faudrait vivre sans regard particulier sur la vie. Sans aphorisme, paradoxe, ironie, post-ironie, réflexions métaphysiques, qui donnaient au moins l'impression d'élargir les barreaux de la cage. Si l'on perd des neurones, c'est très lentement, me rassurais-je. Ma mère conduisait par à-coups. Sur le chemin du retour, pour ne pas avoir à nous faire la bouffe, elle proposait un arrêt au McDo de la porte de Champerret, et comme les parents de Rim interdisaient la junk food, elle ajoutait : « Ça sera notre secret, les filles. » Après avoir ingurgité deux menus chacune (un Happy Meal et un Big Mac), Rim et moi, lourdes et silencieuses, poussions la porte de son couloir à Neuilly. Et alors, pour me venger de la matinée, je lui tendais le jouet McDo qu'elle avait laissé exprès sur la banquette arrière de la voiture. Sous les yeux d'Emmanuelle, je disais : « Tiens Rim, t'as failli oublier ça. »

Grâce à sa main tendue, j'ai réussi à la rejoindre sur la plateforme en marchant à la verticale sur le mur. Ça et la culpabilité de l'avoir balancée pour le McDo, je l'aimais à nouveau. Côte à côte, Rim et moi avons regardé le zodiac s'agiter de plus en plus. Nous avons tiré sur la corde pour essayer de le stabiliser. *Anna allait-elle réussir à le quitter ou allait-elle repartir avec Thierry Lhermitte, l'épouser et devenir une sirène ?* Elle s'y est reprise à plusieurs fois, ne s'en sortait pas seule, alors le marin s'est approché d'elle et lui a demandé s'il pouvait lui venir en aide. Elle a hoché la tête, il l'a saisie par la taille, il a compté jusqu'à trois et l'a soulevée comme un trophée. Puis il lui a donné une petite impulsion vrillée dans les airs qui lui a permis de faire un demi-tour dynamique sur elle-même et d'atterrir assise sur le béton. Mon amie s'est levée élégamment, en décomposant ses mouvements. J'étais fascinée : on se serait cru devant les meilleures années télé du patinage artistique. Une fois debout, elle s'est tournée vers Thierry, qui la regardait toujours, ému et amusé de l'être. Elle l'a salué d'un signe de la main tout en criant *mouk* comme si cela voulait dire au revoir. Il a rigolé, détourné son bateau d'elle, de nous, et n'a secoué la main qu'une fois de dos, à pleine vitesse. J'ai fait un clin d'œil à Anna : *Pudeur des Bretons, ça. Mais il est amoureux.*

Le bateau s'est évaporé et l'ambiance de comédie romantique est retombée d'un coup. Voilà, nous étions debout sur une dalle de béton, au pied de l'île Louët. Avec des pulls Saint James et sans moyen de locomotion. La première chose qui m'est venue à l'esprit a été de vérifier l'état du réseau téléphonique au cas où une catastrophe médicale nous tomberait dessus. Mon écran affichait une seule barre et encore, hésitante. Il faudrait qu'il ne se passe rien de grave, ai-je noté mentalement. Éviter les bords des falaises. Ne pas s'approcher du gros tuyau électrique noir qui passait près de nous. Sorti de la mer, ce câble épais et sinueux avait l'air d'une énorme bête intestinale qui se serait endormie sur les rochers au milieu d'un trajet important.

En marchant, Rim a pris d'autres photos instagrammables avec des rochers, de la mer et du ciel à l'intérieur. Elle fredonnait encore France Gall. Cela faisait plus de trente ans qu'elle m'imposait cette voix de fumeuse, qu'elle trouvait formidable. Anna nous attendait vingt marches plus haut devant un petit pavillon incrusté dans la roche. C'était une salle de bains au sol bleu électrique, si belle qu'il a fallu s'en arracher pour aller voir la suite. Un peu plus haut, la maison du gardien ressemblait au dessin d'un écolier avec quatre fenêtres encadrées par des pierres rectangulaires. J'étais la seule des trois à être bretonne et je n'osais pas le dire par honte d'être toujours en train d'échafauder mentalement mon immortalité, mais je me sentais en profonde adéquation avec ce lieu. L'air et les matériaux de cette Bretagne m'avaient façonnée sur des générations. *C'est ici que j'existerai encore après ma vie, en quelque sorte.* J'avais envie d'extirper un glaive de la roche en criant mon nom de famille. *On combat comme on peut sa nature transitoire*, ai-je pensé en soulevant le pot de fleurs sous lequel étaient cachées les clés. J'ai ouvert et poussé la vieille porte en bois de la maison. J'ai laissé Rim et Anna entrer en premier. Il y avait des murs partout, comme j'aimais. Ce lieu coupé du monde avait échappé à la mode totalitaire des IPN.

À notre droite s'ouvrait une cuisine avec des bouteilles de gaz au sol, des dessins d'oiseaux marins aux murs. Mais ce que l'on voyait avant tout, c'était une spirale de ruban adhésif qui vrillait jusqu'au sol. Le scotch, ma phobie la plus tenace. Le piège à mouches installait une ambiance d'agonie. Certaines bougeaient encore, se plaignaient et auraient presque pu s'en sortir tant le ruban était vieux. Cette atmosphère vibrionnante m'a rappelé l'abominable œuvre de Damien Hirst (des mouches absorbant une carcasse de vache), qui avait fait la une de notre journal. À gauche de l'entrée se trouvait une pièce sombre pourvue d'une fenêtre ayant la forme d'un Mister Freeze géant et de deux lits simples en métal. (Si une gardienne de phare avait accouché de jumeaux, nés en 1903, ils avaient dormi ici avant de s'entre-tuer.) À l'étage, deux magnifiques chambres l'une en face de l'autre avec du parquet. L'une dite jaune parce que tous les meubles, bureau, lit, chaises, l'étaient, ainsi que la mousse sur les rebords de la fenêtre. Au-dessus du lit, un hublot jaune donnait sur le large tandis qu'en face, dans la chambre bleue, un hublot bleu offrait une vue sur le phare piqueté d'algues, d'une couleur entre le gris et le blanc. Lorsqu'on ouvrait la porte bleue s'élevait le bruit d'un homme essayant de formuler un dernier mot. *Haaaounnn.* J'ai demandé la chambre jaune à cause de cet effet sonore flippant ; Anna et Rim ont accepté et décidé dans la foulée de s'installer ensemble dans la bleue. Les voir si contentes de leur sort m'a fait regretter de ne pas avoir réfléchi plus. Mais une minute plus tard, Rim s'est jetée avec son sac sur son lit, déplaçant la couverture, le sommier, la structure même du lit. Elle a mis le bordel en deux secondes et mes doutes se sont évanouis. Inconsciemment, elle devait fêter notre divorce nocturne puisqu'elle sait trop bien que, pour m'endormir, je fais mourir mon pied gauche sur mon pied droit, lequel frotte le matelas comme s'il lui fallait retrouver de l'air en urgence. Mes pieds entretiennent une relation toxique. « C'est de la masturbation ! » hurlait Rim quand on était ados et qu'on dormait tête-bêche. « Va faire ça ailleurs, Armelle. Dégage. Dans le salon, dans le couloir, où tu veux, mais pas près de mon oreille, merde. » Vingt ans plus tard, elle allait découvrir qu'Anna s'endort comme un roi de France dans le tombeau d'une église, immobile, le visage tourné vers le plafond, les mains jointes sur le ventre, et qu'il est impossible de dire, de toute la nuit, si elle dort ou si elle résout une équation. Quant à la petite chambre du bas, celle des jumeaux morts en 1903, elle resterait vide. On l'avait compris, il n'allait pas être facile de s'endormir, signer pour l'oubli de soi et le retrait psychique, au milieu d'un liquide qui ne réfléchit pas. Au centre d'une masse d'eau dont les mouvements se décident au niveau hiérarchique de la lune. Dans ces conditions, la mer faisait peur.

Après avoir fait son lit et celui de Rim avec sérieux, avec la bande de drap repliée sur la couverture, couverture elle-même glissée sous le matelas de chaque côté, Anna a proposé de s'occuper de notre repas du soir. En descendant, nos pas sur les marches en bois ont fait un tapage qui a dû surprendre la maison elle-même. Rim est sortie essayer de téléphoner à sa fille tandis qu'Anna a poussé les cent bouteilles d'huile d'olive laissées sur le plan de travail par les précédents locataires. Avant de se mettre à la confection de toasts à la tapenade, elle a rangé nos courses achetées sur le continent et, alors qu'elle ouvrait et refermait le frigo pour chacune des choses qu'elle y mettait au lieu de le laisser ouvert une bonne fois pour toutes, j'ai été percutée par une horrible sensation de perte de temps. Cela m'arrivait régulièrement à cette époque. C'était tyrannique. Je réalisais que je ne faisais ni n'apprenais rien de précieux bien qu'une année soit encore déterminante à nos âges. D'un coup, je ne supportais plus le temps improductif. Je voulais récupérer les heures d'enfance passées sur la Game Gear de Rim, à perdre, et celles de l'adolescence à m'admirer dans le miroir. Je haïssais le bavardage. J'aurais tout donné pour être un jeune homme d'une communauté hassidique qui approfondit le Talmud toute la journée. Ou pour étudier une langue rare du matin au soir parce que là, à traîner comme ça, j'avais l'impression de passer à côté d'un truc essentiel qui me permettrait d'aborder plus sereinement la mort. De louper un commentaire, une façon de l'aborder, qui me la ferait relativiser (comme ce vers de Mallarmé, qui m'avait soulagé plusieurs semaines, « un peu profond ruisseau calomnié la mort »). Dans ma tête est passée l'image d'un petit verre rond de cantine avec le nombre 83 inscrit au fond. Quatre-vingt-trois ans, déjà ? Mes genoux se sont touchés et je me suis mentalement accrochée à cette phrase d'une tarologue croisée dans un restaurant, à l'adolescence : « Tu seras si vieille quand tu mourras que mourir te fera plaisir. » J'ai eu la sensation de flotter dans la pièce et je suis sortie à reculons.

En montant dans la chambre, j'ai senti la désapprobation des filles me suivre de près. *Un week-end entre amies et voilà qu'elle s'isole déjà. Prévisible venant d'elle, ne la joue jamais collectif.* Assise sur mon lit jaune, j'ai distingué leurs voix étouffées à travers le parquet et je me suis dit qu'à l'inverse elles entendraient le son de mon ordinateur si je l'allumais. J'avais pris une version papier de mon scénario au cas où ma chambre serait dépourvue de prises, je l'ai sortie de sa pochette, mais je ne l'ai pas senti non plus : j'étais juste au-dessus de leurs têtes, elles pouvaient monter à tout moment et ce projet les concernait en partie. Alors j'ai décidé d'aller me laver, ce qui est toujours une bonne solution transitoire. La salle de bains est un refuge : grâce au patriarcat qui associe femmes et fraîcheur, personne ne leur reproche jamais de s'y rendre. Dans mon appartement parisien, à défaut d'avoir une pièce à habiter, à habiter comme une âme habite un lieu, je m'y enferme pour être tranquille. Je m'assois par terre et j'attends d'en avoir marre. Sur l'île Louët, en repassant devant la cuisine, je leur ai annoncé retourner voir le joli pavillon à l'orée de la mer. Elles n'ont pas répondu. J'ai marché vite et, après avoir poussé la porte écaillée, j'ai été éblouie. Les mille petits carreaux d'un vitrail plus grand que moi laissaient entrer dans cette pièce le ciel entier et son reflet dans la mer. Toute la lumière rebondissait sur les surfaces blanches des murs, du rideau de douche, de la faïence, du carrelage. J'entrais dans un pays lumineux. Une caisse de verre. J'étais émue de me déshabiller. À l'intérieur de la douche, j'ai enlevé mon soutien-gorge, ma culotte et mes chaussettes. Je les ai lancés à l'extérieur. J'ai ouvert le robinet, l'eau était glacée. Sous le jet sans pression, j'ai mis un pied, le genou, mon crâne une demi-seconde. J'ai rentré mon ventre pour que le filet ne le touche pas encore. J'ai soulevé le rideau, encore sec et coupant, pour faire entrer du jaune dans le reflet bleu de l'humidité. J'ai retenu ma respiration, poussé le débit au maximum et mis mon corps entier sous l'eau salée. À ce moment-là, ma peau s'est plastifiée et la mer a légèrement soulevé la pièce. Je l'ai sentie appuyer contre mes pieds. Puis quand le soleil a quitté la fenêtre, j'ai tremblé d'un coup. Ma peau est devenue granuleuse, mes mains ont rougi et j'ai remarqué les dix araignées squattant autour de mes pieds dans le bac de douche. J'ai décroché une serviette et je me suis frottée aussi fort que si je sortais d'un naufrage. J'ai remis mon pull marin sur ma peau, j'ai enfilé un jean et je me suis assise sur le rebord de l'immense fenêtre. Pendant vingt minutes, j'ai observé les tintements de la lumière sur les murs. Juste avant de regagner la maison, je me suis proclamée être autosuffisant à tendance mélancolique. Individualiste, intéressé, ambitieux. Une mauvaise amie, ces temps-ci.

3

Les cibles changent trop vite

Dans la cuisine, j'ai trouvé l'ambiance insupportable. Ma dissidence les avait rapprochées et propulsées en quasi-lune de miel. Des oiseaux au début du printemps aux gestes complices et synchronisés. Quand Anna parlait, Rim riait sans raison. Je sentais qu'elles avaient toutes les deux des questions sur la douche, sa praticabilité, mais qu'elles m'en voulaient trop pour me les poser. Le mot « égoïste » était à mes trousses. Puis finalement : « On t'a attendue pour explorer l'île. Mais maintenant c'est trop tard, la nuit est tombée », a lâché Rim d'un ton sec. Silence. Je n'ai pas eu envie de m'expliquer, de m'épancher sur les écoles hassidiques et le vide ressenti quand je ne travaillais pas ces temps-ci. De sentir les larmes me monter aux yeux comme chaque fois que je me justifie, même d'une bricole. J'ai haussé les épaules. J'ai répondu qu'à mon avis trois jours suffisaient pour explorer une île grande comme la place de la Bourse à Paris. Pour regagner des points d'amitié, j'ai saisi une pile d'assiettes que j'ai apportée sur la terrasse. Rim a posé une bouteille de vin et des verres sur la table. Anna est arrivée avec son plat de toasts et une vieille lampe à huile qu'elle a installée à nos pieds.

— C'est joli, t'as trouvé ça où ? j'ai demandé.

— À côté de la poubelle.

La soirée a plutôt bien commencé. Les vagues noires roulaient vers le large. Nous parlions de nos belles-mères, le sujet qui marchait encore. Nous vénérions la mère de Panchi parce qu'elle était argentine, divorcée, qu'elle prenait des cours de karaté et écrivait des essais sur la solitude. La mère de Daniel est une grande universitaire qui considère, alors que j'ai un bac plus cinq, que je n'ai pas fait d'études. « Mais ton amie a une bonne intelligence des situations », dit-elle souvent à Daniel, croyant lui faire plaisir. C'était devenu une blague entre nous trois. (« Toi qui as une intelligence des situations, sais-tu où se trouve la lessive ? ») Celle de Niels nous fascinait par l'overdose de malheur qu'elle subissait en une vie. Ses parents avaient fait partie du petit groupe de 759 Juifs norvégiens déportés du pays, entre 1940 et 1945. Aussi fine qu'un bébé érable, l'orpheline vivait depuis une catastrophe par an. « Catastrophe » au sens étymologique. Ce soir-là, Rim nous racontait la dernière, un petit bout de météorite était tombé dans son jardin. Les meubles extérieurs avaient été pulvérisés, on n'avait retrouvé aucune trace du parasol.

À 21 heures, la lumière du phare s'est déclenchée et tout a changé. Un couloir blanc coiffait nos têtes avec une régularité insupportable. Un bras ramené sur le ventre, l'autre posé dessus à angle droit, son verre de vin rouge élevé à hauteur d'oreille, Rim a bâillé plusieurs fois de suite. C'est un signal pour qui la connaît bien. Signal qui indique, depuis toujours, soit le début d'une description beaucoup trop longue (un appartement qu'elle aurait visité, par exemple, et dont elle décrirait l'agencement en disant « et à droite de cette pièce, t'as le couloir », alors que dès le début aucun effort mental n'a bien sûr été fait pour la suivre et qu'il est donc impossible de savoir où elle en est et quand ça finira), soit une grosse poussée de confiance en elle. J'ai reconnu la seconde option quand elle a soudain affirmé avoir trouvé un film archinul au point d'en rigoler nerveusement en y repensant. « Pas poétique », « pas profond ». Avec sa voix rauque d'animatrice radio et ses cheveux dans les yeux. Elle regrettait les « atermoiements » du réalisateur, « son indécision ». Elle a allumé une cigarette. Anna et moi n'avions pas vu le film, mais le discours de Rim nous crispait au-delà du raisonnable. Nos visages se rétractaient. Nous pensions la même chose, à savoir que les rappels de subjectivité sont obligatoires pour les amateurs et que certains mots devraient être interdits (« profond », « puissant », « passionnant » : rien de plus que l'adjectif « bien » amplifié, des mots utilisés pour se mettre en valeur soi-même). Anna et moi jugions aussi que Rim fournissait trop peu d'efforts réels dans la vie pour s'octroyer le droit de détruire le travail des autres. « Avec ce film, le réalisateur insulte son propre cerveau », poursuivait-elle. Gorgée de vin pour Anna, acouphène de mon côté. Moi qui débutais dans le cinéma, je prenais plus de précautions critiques. En fait, quand le jugement négatif vient flatter son propre immobilisme, qu'il émane d'une personne n'ayant pas fait d'efforts de vie équivalents ou supérieurs, un censeur qui, au lieu de commencer par accueillir la tentative, fait la liste de ce qui lui manque personnellement ou de ce qu'il ou elle aurait fait à la place, bref quand le jugement est seulement destructeur, jaloux, ramené à soi, il me met hors de moi. J'ai pensé : *Chaque fois qu'on critique avec violence, on devrait se demander ce qu'on est en train d'éviter de faire soi-même.* Mais j'ai dit : « Eh bah, ça ne donne pas envie d'aller voir ce film. »

— Niels aussi a détesté ? a demandé Anna.

— J'y suis allée avec Zoé, a répondu Rim d'un ton supposé clore le débat.

Houla, j'étais au spectacle et la suite me fatiguait d'avance. Pour comprendre, il faut savoir que Zoé, ancienne journaliste reconvertie dans la mode, a été l'amie et la colocataire d'Anna, il y a un siècle, avant qu'elles ne se disputent pour une histoire de double de clé. L'embrouille a pris de telles proportions que le bail a été résilié et les numéros effacés de leurs répertoires (de nos jours, elles se seraient bloquées). Six mois avant Louët, Rim avait rencontré Zoé au club Neoness de Jaurès. Au début, j'y allais avec elle, mais les cours Afrovibe me courbaturaient au point de transformer ma colonne vertébrale en chemin de fer et j'avais rendu ma carte. Un soir, Rim avait été abordée par une fille souple, toujours au premier rang dans la salle. « Tu serais pas journaliste ? » Trois semaines plus tard, Rim et Zoé partageaient un abonnement duo, se changeaient et s'étiraient ensemble. Anna ne supportait pas que quelqu'un qu'elle aime aime Zoé parce que ça mettait en péril sa version des faits (à savoir que la fille était tarée). Rim détestait entendre Anna parler de Zoé parce que son avis était fait.

D'une voix sombre, Anna a dit :

— Il paraît qu'elle a lancé une marque de fringues très vulgaire.

— Je dirais pas ça, a répondu Rim.

— Ah ouais ? Pourquoi j'ai que des échos négatifs alors ?

— Tu devrais aller voir par toi-même, il y a une boutique près de la place de la Bastille. Cette fille est étonnante.

— T'es bien la seule à dire étonnante et pas folle.

— On est toutes un peu folles ici, non ?

— Désolée mais non, Rim, Zoé est une paranoïaque sensitive. Elle fait partie de ces gens qui considèrent qu'ils ne sont jamais reconnus à leur juste valeur. C'est Mozart assassiné !

— Je ne sais pas de quoi tu parles, Anna.

— Va voir sur Wikipedia, renseigne-toi.

— Non merci.

— Tu n'as pas vécu avec elle.

— Non et ça n'est pas dans mes plans.

Ont suivi deux minutes de silence au cours desquelles nous avons prétendu regarder les étoiles. Puis, dans une sorte de concours de la pire intervention, et peut-être aussi pour apporter du crédit au diagnostic sauvage de Zoé, Anna a pris une voix d'anniversaire surprise pour annoncer qu'elle intégrerait bientôt une formation de psychanalyse. Elle était admise dans une société prestigieuse et elle avait postulé sans nous le dire, ce qui me sciait. L'analyse était notre passion commune. Nous avions partagé pendant cinq ans, elle et moi, un Google Doc de consignation de nos rêves (rien n'est plus ennuyeux que les récits oniriques, mais on prétendait s'aimer suffisamment pour lire les nôtres). L'idée que l'une de nous deux finirait par allonger des patients sous une affiche décolorée de Kandinsky nous faisait rire depuis des années. À cet instant, j'ai réalisé à quel point il est désagréable que des plans sur la comète changent de statut chez le corêveur. Par ailleurs, et je savais que Rim pensait la même chose, j'étais sûre qu'Anna ferait une piètre analyste puisqu'elle n'aurait pas la patience d'attendre ce que l'inconscient des analysants viendrait faire échouer sur le rivage. Au contraire, les gens lui inspiraient d'urgentes envies de tout savoir (comme le docteur Krokovski de *La Montagne magique* dont la susceptibilité naît des choses qu'on ne lui dit pas, plutôt que de celles qu'on lui dit). Alors que Rim et moi aurions dû être heureuses pour elle – notre amie passait du conseil à l'action, de l'intelligence au risque –, mes yeux se sont mis à clignoter et ma bouche à s'ouvrir lentement. Anna attendait ma réaction, la tête penchée. J'ai senti Rim de mon côté quand j'ai pris la parole d'un ton sarcastique pour dire : « Ah, tu fais partie de ces patients-là ! » J'ai ricané : « Tu connais la névrose de transfert ? Pour qu'une cure touche à sa fin, l'analyste doit perdre sa place, ne plus la tenir, et toi, au lieu de le faire déchoir, tu prends son fauteuil… C'est une façon de ne pas s'en sortir. »

Le silence chargé d'agressivité qui a suivi cette remarque m'a fait honte. Les yeux posés au centre de la table, Anna a demandé : « Et pourquoi voudrait-on s'en sortir si on aime ça ? » Sa rhétorique – tellement *psy* – m'a énervée au plus haut point, j'ai sifflé mon verre de rouge et déclaré qu'il était l'heure pour moi d'aller chercher la salade niçoise dont j'avais la responsabilité. Devant le frigidaire, j'étais d'autant plus en colère contre moi-même que cette salade affichait une pauvre gueule. Fabriquée sans produits frais. Mon syndrome d'enfant unique, soit l'incapacité à faire (pour les autres) des choses qu'on juge (pour soi-même) inutiles, allait encore se voir. Je l'ai beaucoup remuée pour lui donner du panache.

À mon retour, cinq minutes plus tard, j'ai été soulagée de les entendre rire. La bonne humeur était revenue et c'est en m'asseyant que j'ai réalisé que c'était à mes dépens. *Les cibles changent trop vite par ici.* C'était un autre classique de notre groupe, une scène vécue cent fois : Anna et Rim se félicitaient d'avoir eu un seul enfant.

Rim (à moi qui servais la salade) : J'hallucine de la patience qu'il faut pour en avoir plusieurs. Quand je te vois faire avec tes garçons, je reconnais que je ne suis pas faite pour ça. C'est comme si je voyais quelqu'un faire un métier qui n'est pas le mien.

Moi : Mais non, j'ai aucune aptitude particulière. Je suis comme toi.

Rim : Non je te jure que t'es plus apte ! Ce don de soi... Moi je préfère jouer du piano.

Anna : Oui ! Ou lire !

Moi : Mais je lis !

Rim : Toi oui parce que tu t'obliges. Mais il y a des mères qui se laissent glisser. Les enfants deviennent une excuse pour ne plus rien faire. Ne plus prendre de risque professionnel par exemple.

Moi : C'est vrai que t'en prends un paquet toi.

Rim : C'est quoi ce ton ?

Moi : Donne-moi juste un exemple de risque que t'aurais pris récemment ! T'as déplacé ta table de mixage sous la fenêtre ?

Anna : Sois pas agressive, Armelle. Rim parle des femmes pour qui les enfants deviennent l'alpha et l'oméga de la vie.

Moi : Et c'est grave ? On les aime pas, ces femmes ? Et elles ont forcément deux enfants ?

Anna : Oui ou trois ou quatre. Par définition.

Moi : Pardon, mais je trouve ça con. J'imagine que c'est votre façon de résister à l'énorme pression sociale à en faire deux. Mais je vous jure que c'est con.

Anna : Tu peux pas nier que plus tu as d'enfants, moins tu as de temps pour lire, écrire, composer, faire du macramé.

Moi : J'en sais rien. Peut-être seulement pour un temps. Ce sont des cycles. Deux enfants, ça joue ensemble. Ça dépend du père aussi. En fait, je dis que ce n'est pas la peine de créer artificiellement deux mondes : celui des mères bohèmes à un seul enfant et celui des mères soumises et stupides à plus. C'est chiant.

C'était d'autant plus chiant que j'aurais préféré crever plutôt que de l'avouer, mais je voyais ce que Rim et Anna voulaient dire : le second enfant changeait l'inclinaison de la pente – plus raide. D'ailleurs, je me souvenais d'une scène datant de quelques jours avant notre départ à Louët. Lev, mon fils de cinq ans, jouait dans le bain avec un gant de toilette gonflé d'eau tandis que je faisais cuire du riz pour Gustave, l'aîné, qui gémissait de faim comme si son estomac était multitroué. Tout en surveillant la casserole d'eau au-dessus de ma tête, j'étais agenouillée devant le sèche-linge qui me vomissait des slips d'enfants sur les genoux, et je m'étais demandé s'il était nécessaire de les trier, ou si au fond, comme pour les chaussettes, peu importait la taille, un caleçon, ça s'enfilait toujours. Puis, je me suis souvenue de mes culottes de classe verte et j'avais fait deux petits tas. J'avais écouté les bruits de la salle de bains pour parer à une éventuelle noyade du petit. Crié au grand d'avaler une baguette de pain entière, en un coup, comme un mangeur de feu. Par terre, j'avais compté les chantiers en cours. Le riz, le bain, le linge laissé sur le sol dans leur chambre. Le repas des deux, les miettes, la table à débarrasser. Hurler leurs prénoms, à chaque étape. Le bain du grand, les devoirs du grand. Le pyjama des deux, les dents des deux, les dix minutes dans le lit du petit, sa réapparition dans le salon, son verre d'eau à petites gorgées, son sourire parce qu'il va demander autre chose. J'avais repensé à mes cours de logistique à la fac. *Dans quel ordre fallait-il traiter ces dossiers ? Et si je commençais par le verre d'eau, que se passerait-il à mon échelle et à celle du monde ?* Avec deux enfants, j'avais mathématiquement augmenté ce temps profondément domestique. Ou pour le dire autrement, j'avais accentué la sensation ménagère concentrique : à l'intérieur d'une tâche, une plus petite tâche attendait toujours. Le ménage et la cuisine ne m'oubliaient jamais. Comme deux inspectrices des impôts obsessionnelles. J'avais perdu en insouciance en échange d'une famille. C'est-à-dire : une ambiance, du mouvement, de la complicité, une énergie de générosité qui circule partout. J'ai pensé : la famille est peut-être un hold-up sur le temps intellectuel, mais c'est aussi un fort antidote à la bêtise.

Pendant l'heure qui a suivi, nous avons parlé du journal et de la place réduite accordée au théâtre et à la musique classique. Là-dessus, nous étions à peu près d'accord. Puis à 22 h 30, après que Rim a retiré le film en plastique autour de son brownie fait maison et distribué des assiettes en carton qu'Anna a regardées avec une écolo-conscience dégoûtée, la discussion est malgré nous revenue sur les enfants. Rim a annoncé qu'elle allait inscrire sa fille au conservatoire l'année suivante, ce qui m'a énervée, de réflexe neuilléen, alors que j'y avais pensé moi aussi. Puis, malgré nous, a démarré la conversation dite des génies. Entre amies, la tentation est forte de présenter ses enfants comme des surdoués : plus ils sont jeunes, moins de faits objectifs viennent nous contredire et plus la poésie de l'enfance fait des éclats. Il ne faut pas non plus négliger l'intuition d'un enfant qui sait ce qu'il faut dire ou faire pour flatter son parent – la clé pour savoir s'il est vraiment intelligent est sûrement de se demander si le monde extérieur le perçoit aussi au point d'en faire état, ce qui est rarement le cas. Même si à froid je sais tout ça, j'ai été la première à célébrer les miracles d'inventivité de mes fils. (« L'été dernier, Lev m'a dit : "Avoir deux amis sur la plage, c'est comme maintenir deux cailloux en équilibre sur son dos." C'est joli, hein ? » ai-je frimé. Sans transition, Rim a répliqué : « Aloïs sait déjà lire seule en moyenne section. »)

Au bout d'un moment, la discussion s'est enlisée et le ridicule n'a pas été loin de nous tuer. Bientôt, nos enfants sauraient parler chinois la tête sous l'eau. Pour que ça s'arrête, j'ai rassemblé les verres. Anna et Rim se sont levées. Entassées dans l'évier, les assiettes sales excitaient les mouches du ruban adhésif, alors Rim s'est mise à faire la vaisselle « par respect pour elles ». J'essuyais et Anna rangeait.

*

De mon balcon où je suis toujours, je revois cette équipe vaisselle silencieuse et je réalise que les discussions sur nos enfants ont rarement été agréables. La parentalité nous transforme. Des enfants naissent des parents. De nouveaux adultes plus matériels, plus conservateurs, dont l'horizon s'est rétréci et dont les piles intérieures sont comme déchargées. Ce qui est insupportable, c'est que les autres parents ne voient pas les problèmes d'éducation où nous les voyons, nous. Anna, Rim et moi n'avions pas trop muté en devenant mères, mais notre amitié n'arrivait pas à saisir la parentalité dans son spectre. Les conversations sur nos enfants étaient toujours narcissiquement piégées, désagréables. Nos enfants, porteurs de nos différences, ne s'entendaient pas si bien. C'était gênant de les voir interagir. N'était-ce pas la preuve que nous ne nous aimions plus ?

*

L'horloge de la cuisine a sonné minuit à la fin de la vaisselle de Rim. En montant dans la chambre, légèrement ivre, j'ai raté une marche à mi-parcours et je me suis laissée glisser sur le ventre jusqu'en bas. Absence de combativité dans la chute. *Bam bam bam*, a fait mon corps aviné. Les jambes en compote, aplatie par terre, j'ai levé la tête vers Rim et Anna qui sortaient de la cuisine. J'ai senti une douleur diffuse entre ma poitrine et mes cuisses. Les filles, qui ne bougeaient pas, retenaient un fou rire. J'ai dit « ça va, rien de cassé, allez-y » et un grand éclat de rire a retenti dans la maison entourée par la mer. Elles se sont approchées de moi, m'ont relevée. Une fois assises sur la première marche de l'escalier, collées les unes aux autres, le souffle de la Tunisie nous a rattrapées. J'ai senti leur chaleur et le retour de mon amour pour elles.

— T'es tombée sans raison, a dit Rim en se marrant.

J'ai passé un bras autour d'elle et un autre autour d'Anna :

— Nous voilà, les trois filles bourrées du docteur March.

— Elles sont quatre, a rectifié Anna. On est plutôt les trois sœurs de Tchekhov à l'heure des désillusions. On sait qu'on ne retournera jamais à Moscou et que notre frère finira petit apparatchik de province. On va bientôt avoir quarante ans, l'âge auquel on ne peut plus rien faire contre le fait qu'on est ce qu'on est.

— Y a plus qu'à l'accepter, a ajouté Rim.

— Trois sœurs confrontées au principe de réalité, j'ai repris.

— « Le temps passe, et on s'éloigne de la véritable, de la belle vie, pour aller dans on ne sait quel précipice », a récité Anna.

Mon amie a déclamé une autre réplique de tête, quand Macha, la jeune sœur, dit que son mari lui paraissait important et intelligent au début de leur relation.

Mais que ce n'est plus pareil, hélas. Impressionnées par la mémoire d'Anna et l'image du précipice inconnu, Rim et moi avons laissé siffler son « hélas » dans l'entrée. J'ai fait remarquer que nos vies étaient mieux parties que celle de Macha. Les mains sur les joues, Anna l'a admis : « Oui, on s'en sort bien. » Puis, elle a proposé qu'on monte sur le phare pour voir la lune de plus près. À la lumière de nos téléphones, on a marché jusqu'à la porte arrière de la terrasse qui permettait d'accéder à l'autre partie de l'île, juste derrière la maison, pour se rendre compte que l'accès était fermé par deux chaînes de centrale nucléaire. La silhouette du phare s'élevait dans la nuit. Sa lumière éclairait nos visages par intermittence. La lune était ronde. Les rochers étaient désolés, humides et noirs. Certains d'entre eux ressemblaient à de grands visages de profil. J'ai pensé à la lande du chien des Baskerville de Conan Doyle et une terreur ancienne a resurgi. Je n'étais pas si mécontente qu'on ne puisse pas accéder au phare. Là-haut, le garde-corps était bas et cela aurait pu dégénérer, vu la soirée de merde qu'on venait de passer. Rim a proposé qu'on fume pour se consoler et elle a sorti trois cigarettes de son paquet de Winston bleu. *Très années 2000, cette marque,* ai-je commenté pour moi-même. Positionnées en triangle isocèle, on a tiré dessus en silence. À court terme, c'était moins dangereux.

4

Fausse route

Quand j'ai ouvert les yeux le lendemain, il n'y avait aucun bruit à l'étage et ma gorge était irritée par l'unique cigarette de la veille. J'ai massé mon cou en songeant aux répercussions physiques d'une seule clope. J'ai contemplé mon tee-shirt pyjama *oversize* avec une tête de gorille dessus, acheté au zoo de Beauval à l'époque où il n'était pas problématique de visiter un zoo. Je l'adore. Je ne regrette pas d'y être allée. Je me suis traînée hors du lit, jusqu'à la fenêtre, où le paysage m'a déçue. Un rideau de ciel gris éteignait toutes les intentions du paysage. On ne distinguait plus le vert du marron. Heureuse de m'être quand même réveillée assez tôt pour profiter seule de la maison, de la cuisine, j'ai enfilé mon jean de la veille et je suis descendue sans bruit. J'ai ouvert et attaché les volets en bois à l'extérieur pour qu'ils ne réveillent pas les filles en claquant. Mais cinq minutes plus tard, c'était raté pour la solitude, comme souvent avec elle, Rim m'a rejointe devant la machine à café avec son air de Béatrice Dalle endormie. La technologie des dosettes m'ayant coupée de celle du filtre, je l'ai interrogée du regard : *Oui bien sûr qu'elle savait encore faire du café.* Avec nos tasses à la main, nous sommes sorties faire le tour de la maison et, pour la première fois depuis notre départ pour Louët, j'ai hésité à lui parler du scénario. Elle est trop dans le coaltar, me suis-je ravisée, avant que d'autres arguments ne viennent s'ajouter. J'ai pensé que le film n'était pas fini, qu'il allait encore subir mille modifications avant le tournage dont certaines iraient dans un sens favorable, c'est-à-dire dans un sens l'éloignant de notre amitié. Alors j'ai posé sa question préférée. Qu'écoutait-elle ces temps-ci ? Sans hésiter, Rim a fredonné un air de *Rigoletto. Papam papam papam papam papam papam papam.* Au loin, le soleil se levait comme une pièce de monnaie voilée. Mon amie d'enfance portait elle aussi un tee-shirt touristique, « chutes du Niagara », sous une veste de chef d'orchestre. Une paillette en forme d'étoile brillait dans son cou de bébé, le vestige d'une fête en plein air, ai-je pensé. Alors qu'à nos âges on ne fume plus le matin, elle a allumé une cigarette avec des mains tremblantes. Un tiers de son café est tombé par terre.

À l'arrière de la bâtisse, nous nous sommes arrêtées à côté d'un bosquet d'hortensias déshydratés, autrefois roses. Nous étions au pied d'une route caillouteuse qui grimpait fort jusqu'au sommet de l'île, mais qui était barrée, à mi-hauteur, par deux grands panneaux en plastique rouge. *Interdiction de grimper* et *Risque d'éboulements.* J'ai fait remarquer à Rim qu'en l'absence de caméras de sécurité et de mariage contracté avec le Barbe-Bleue local (en l'occurrence, je l'apprendrais plus tard, il en existe un qui s'appelle le comte de Konomor) il me semblait possible de violer cette règle. Nous étions seules sur l'île ; le chemin n'était pas glissant. Une vue à 360 degrés, ushuaïesque, nous attendait là-haut. À défaut d'être courageuse, j'étais saisie par cette sensation de *seule occasion d'une vie*: frappée comme deux claques par les mots « *maintenant ou jamais* ». Oubliée, l'absence de réseau téléphonique. Mais j'attendais la réponse de Rim qui était la ministre des Sports de notre relation, celle qui décidait du bien-fondé des activités physiques. Finalement, elle a dit : « Hors de question, t'es malade, y aurait pas deux panneaux s'il n'y avait pas de danger réel. » L'argument du nombre m'a convaincue. Puis, ses yeux ont circulé sur mon front trop grand et cela m'a rappelé une aventure de notre enfance.

Nous étions à Courchevel avec ses parents et nous étions peut-être encore, qui sait, pas si loin d'eux. Rim était allée trop vite, un missile s'abattant sur la terre, et je l'avais suivie à toute blinde. En dix minutes, nous avions semé sa famille et la vie alpine. Les sapins étaient silencieux. Le ciel tombait jusqu'au sol comme aujourd'hui, nous étions désormais immobiles et, depuis un avion survolant la vallée, nos deux silhouettes devaient avoir l'air de figurines fluo plantées dans le brouillard. En contrebas sur la droite, en plissant les yeux, nous distinguions à peine les contours de notre immeuble-chalet. Mais Rim ne voulait pas traverser le couloir hors-piste qui nous ramènerait sur le bon chemin.

— On y va en faisant très attention, j'avais dit.

— Impossible. Lis la pancarte.

C'était difficile à croire, mais elle m'avait ensuite donné l'ordre de la suivre en sens inverse. Donc : vers la gauche. Et en attendant ma réponse, ses yeux s'étaient mis à bouger frénétiquement sur mon front. Cette marque de stress ainsi que son mois de vie supplémentaire m'avaient ralliée à sa cause. « D'accord Rim, mais on prend le premier tire-fesses qu'on croise. » Contre toute logique, nous avions donc tourné le dos à notre station de ski pour nous en éloigner le plus possible, suivre la direction cardinalement opposée. Au fur et à mesure, les descentes molles avaient laissé la place à des pistes de ski de fond et au bout d'une heure, essoufflées, nous avions fini par atteindre le stade de la bouillasse. Plus de neige à proprement parler. Nos patins Rossignol : rayés au contact du goudron. *Crrrrrrr.* Peu après, nous avions déchaussé, balancé nos petits skis sur l'épaule et marché encore vingt minutes comme ça. Jusqu'à ce que des faits me frappent par leur dureté. D'abord, les montagnes à l'horizon étaient devenues méconnaissables. Hypothèse forte : nous avions changé de vallée. Ensuite, les quelques chalets que nous apercevions en hauteur échappaient à toute stratégie immobilière. Enfin, les parkings étaient vides et les télésièges absents. C'est devant un tracteur sec que j'avais fini par paniquer. *Un véhicule des plaines, ça.* Je m'étais assise par terre et j'avais frappé le sol avec mes moufles bleues, ce qui ne faisait aucun bruit. Puis, voyant que Rim continuait sa route, je l'avais rattrapée en courant, j'avais bondi devant elle et envoyé des restes de neige de tous les côtés. Une phase chorégraphique éblouissante dont j'espérais qu'elle ne l'empêcherait pas d'entendre le fond du discours, impressionnant pour mes dix ans. Je criais qu'on ne décidait pas de tout quand on se trompait autant. « J'ai mal aux reins. Je peux plus marcher. On va mourir de faim ! Mais tu te rends compte, espèce de folle, qu'on était à deux pas de notre station ? » Rim avait levé un sourcil : « Avance, t'es ridicule quand tu pleures. Et tu sais même pas où sont les reins. »

Avec ma combinaison rose fluo et ma démarche de cosmonaute, je n'avais pas besoin de pleurer pour être ridicule. Je marchais les skis croisés dans mes bras. Enfin je marchais ou je tombais vers l'avant, ça se discutait, mais je ressemblais à une candidate d'« Intervilles » en pleine épreuve. Ou à une mère qui essaie d'éloigner son enfant d'un manège. Je restais bouche cousue, bien décidée à ne plus lui adresser la parole. Et puis finalement, sur une route qui aurait pu se trouver en Champagne-Ardenne tant elle était plate, droite et dépourvue de traces de froid, nous avions fini par croiser le chemin d'un apiculteur plutôt que celui d'un pédophile cherchant des proies à ligoter dans son garage à jet-ski. Une chance quand même. Le sexagénaire portait des gants en plastique, mais ça n'était pas pour nous étrangler. D'un ton de garde forestier, il avait demandé si tout allait bien. Je m'étais précipitée vers lui et je nous avais déclarées perdues en faisant le choix d'une confiance totale. *Plutôt mettre mon destin entre ces mains que de suivre cette dingue une minute de plus.* « Ah bon d'accord, vos parents doivent être très inquiets, suivez-moi », avait-il dit en faisant pivoter son corps vers une voiture américaine (comme celle de Clint Eastwood dans *Sur la route de Madison*, film que j'avais vu sans rien y comprendre). *Est-ce qu'on allait monter sur le plateau à découvert, comme des aventurières ?* Malheureusement non – la chance pouvait tourner, oui, cela arrivait, mais rarement dans de telles proportions. L'homme nous a indiqué deux places à côté du siège conducteur.

Puis il a conduit en serrant bien les virages jusqu'à l'école du ski français de notre station. Le trajet avait grosso modo duré une demi-heure avec la radio locale allumée. La tête appuyée sur la fenêtre, Rim avait chanté Les Rita Mitsouko de sa voix de basse enrouée et j'avais eu envie de la tuer. *Comment osait-elle ?* À l'ESF, le temps que l'administration localise sa famille, nous avions sucé des bouts de glace extraits de nos chaussures de ski.

Un quart d'heure plus tard, l'arrivée du père de Rim avait mis fin à ce délice des sens et nous avait secouées. Car en une seconde, Jean-Jacques nous avait vues, saisies et tractées par les biceps jusqu'à la voiture de location – les bras en arrière des épaules comme bloqués dans le second temps de la nage papillon, nos quatre jambes fluo courant derrière lui. Au cours de son effort physique, l'odeur de vin chaud qui m'était parvenue m'avait laissée perplexe. *Réchauffons-nous la gorge, Emmanuelle, les enfants retrouvent toujours leur chemin.* En route vers l'immeuble-chalet, j'avais eu la nausée à l'idée des cris qui finiraient par sortir de ce Claude Brasseur en combi noire (car j'avais le douloureux souvenir d'une fois où, dans le jardin d'une villa de Center Parcs, surexcitée par la fatigue d'une journée passée avec Rim dans la piscine à vagues, j'avais balancé une pierre pour rire ou pour m'occuper qui était retombée à un centimètre de son crâne. Jiji s'était alors jeté sur moi, il avait attrapé mes joues entre ses doigts et il avait serré, tandis que du haut de mes huit ans, en larmes, j'essayais de lui expliquer qu'il ne l'avait pas comme il le hurlait « échappé belle », puisque tout autre lancer aléatoire aurait abouti à une trajectoire différente).

Dans la voiture de Jiji, j'avais aussi eu peur de la confiscation de mon argent de poche, considérable cette année-là à cause d'une erreur de calcul de mes parents. Sur le siège devant moi, Rim regardait par la fenêtre, préoccupée, et au moins elle ne chantait plus. Et puis, une fois dans l'ascenseur, un contretemps s'était produit : Jean-Jacques avait beau appuyer comme un damné sur le bouton de l'étage, les portes en métal ne se fermaient pas. Il disait « merde » et « putain » et « merde », cela ne changeait rien. Il essayait fort et doucement. Au bout d'un moment, nos yeux d'enfants contrariés, balayant la cabine, avaient bien sûr fini par se croiser. *Pok.* Un micro-croisement avant de continuer leurs routes, mais un micro-croisement qui avait suffi à nous enflammer la gorge comme de jeunes pins. Des larmes aux coins des yeux, des lèvres, partout ailleurs. Des secousses intérieures. Dos à nous, Jean-Jacques prétendait ne pas entendre les spasmes, les reprises de respiration, les suffocations, la double crise d'épilepsie en cours. *Riait-il lui aussi ?* Quand la cabine avait brutalement quitté le zéro (comme si, après y avoir bien réfléchi, oui d'accord, elle consentait à monter, c'était même « un grand oui »), il avait fallu trouver une position pour ne pas tomber. Rim avait accroché ses mains à mes genoux et je m'étais étalée sur son dos. Sa tête dans mon ventre. Deux pochtronnes solidaires, au lever du jour. Arrivé à l'étage, Jiji s'était précipité hors de l'ascenseur, et Rim et moi avions passé vingt minutes assises sur le caillebotis noir du couloir, à essayer de nous calmer. Puis, nous avions fait notre entrée dans le salon qui se transformait en chambre parentale la nuit et en étable le jour (c'est faux, mais c'était ma blague des vacances, le côté caravane Barbie des locations de ski m'amuse depuis toujours). Fébriles mais dignes, nous espérions sur un malentendu pouvoir nous poser devant *Extrême limite* à la télé. C'était l'heure. Mais d'un geste, Emmanuelle nous avait envoyées au lit.

En revenant vers la maison du gardien de phare, j'ai dit à Rim, pour qui la recontextualisation est une injure : « Souviens-toi qu'à cause de ta rigidité signalétique on a été privées de télé et d'une bonne raclette dans les années 90. » Elle a souri et répondu qu'elle m'accompagnerait peut-être au sommet de l'île, mais plus tard dans la journée. Elle allait y réfléchir, promis. Sur la terrasse en pierre, la table du petit-déjeuner était mise comme dans *Boucle d'or*. Anna avait disposé des brioches rondes sur de petites assiettes décorées de triskèles et rempli les verres avec ce qui semblait être un jus de pomme bio (opaque en tout cas). En approchant, je me suis sentie obligée de lui dire que nous n'étions parties que cinq minutes. « Tu dormais encore… On a fait un tour rapide de la maison, aucun intérêt. » Mais la précaution était inutile, Anna s'en foutait, elle inspectait une plage du continent avec des jumelles en plastique trouvées dans une caisse à jouets du salon. Un vieux couple la fascinait. « La dame aux cheveux violets a passé un bras autour des épaules de son mari. Ils ont de l'eau jusqu'aux genoux. Ils ne bougent pas depuis un quart d'heure. Si on vieillit comme eux, le couple le plus amoureux de la plage, franchement, tout ira bien. » En regardant à mon tour, j'ai distingué une béquille derrière la jambe droite de la vieille dame. Modèle dont nous rêvions avec Rim à Neuilly tant c'était la mode au retour des vacances d'hiver. Puis en observant mieux l'équilibre du duo, j'ai compris que le mari servait de dispositif médical complémentaire à sa femme. Un vieillard-objet, un vieillard qui aurait préféré se dorer la pilule avec un groupe de retraités en Thaïlande, mais qui était ici, sous l'aisselle de sa femme. J'ai posé les jumelles sur le muret, et ça m'a déprimée d'éprouver la force implacable de nos subjectivités. *Si une scène comme celle-ci peut être comprise de manière aussi différente par Anna et par moi, de quoi parle-t-on quand on se parle ?*

5

Discordes

L'air était gris, mais suffisamment doux pour petit-déjeuner à l'extérieur. À table, nous scrollions silencieusement sur nos téléphones sans réseau. Les gorgées de jus de pomme de Rim me dégoûtaient autant que sa manière de manger des spaghettis, enfant. De ce point de vue, Rim n'avait pas grandi : elle se nourrissait toujours comme si son estomac l'ordonnait. Cela réveillait une vieille angoisse : que nos estomacs soient les véritables maîtres du monde, et que tout le reste, les jambes, les cheveux, le regard, ne soit que des apparats pour qu'ils se reproduisent. J'ai résisté à l'idée de l'engueuler et j'ai réussi à me concentrer sur son histoire. Elle racontait une *free party* qui ressemblait à un conte de fées porno. Dans une succession de tableaux naturels (branchages, prairie, buissons), Niels et elle avaient fait l'amour avec des personnes de toutes les tailles et toutes les couleurs. Des hommes et des femmes sans distinction. C'est l'idée assez radicale qu'ils avaient eue pour relancer le désir dans leur couple et à laquelle ils s'adonnaient sous ecstasy parce que, dans leur état normal, Rim ne supportait pas qu'on la touche et Niels était timide. C'était leur première soirée de ce genre et ce qu'elle décrivait était beaucoup trop trash pour Anna et moi qui jonglions avec deux ou trois positions sexuelles, mais nous l'écoutions avec curiosité parce que le cul était pour nous aussi devenu un problème. Avec l'âge, le ratio coûts-bénéfices du machin avait changé. Dans mon entourage, certaines de mes amies assumaient de ne plus baiser. Elles disaient, comme on arrête d'aller en boîte un jour : « Bon allez, ça suffit les contorsions. » Donc nous l'écoutions attentivement et, de mon côté, l'ironie n'a pointé son nez que lorsque Rim s'est mise à teinter ces orgies sexuelles d'activisme politique. Elle présentait les partouzes comme une démarche antiraciste et anticapitaliste alors que ça ne valait pas mieux que la Guadeloupe en hiver. « Pardon Rim, mais des drogues et du sexe en plein air, ça n'a jamais sauvé le monde... Tu sais que Yoko Ono vit dans une villa de style néocolonial à Palm Beach ? » ai-je demandé, traversée à cette même seconde par le remords de nos idéaux d'enfants. Rim et moi avions prévu de faire de grandes choses, d'inventer des vaccins, et finalement, rien. Un peu de musique et de cinéma, du journalisme assis, mais surtout, à notre actif, la création de deux unités familiales polluantes.

Le temps d'évacuer nos destins pasteuriens et de raccrocher la conversation, Rim racontait comment, quelques jours après cette *free party*, elle avait assisté à un concert privé dans les catacombes de Paris. Il avait fallu suivre un chemin fléché à la craie dans un couloir humide, elle avait dansé dans des caves éclairées à la bougie et terminé assise dans du vomi. Anna souriait poliment, en regardant au loin. Je ne prenais pas cette peine parce que j'entendais cette anecdote pour la seconde fois et que le « milieu de la teuf », dont Rim nous parlait souvent, m'exaspérait avec sa façon de juger les gens à l'aune d'un présent total. *Peu importe la moralité de ce que tu fais de ta vie le lundi matin.* J'ai dit :

— Être une *queen* des nuits branchées, ça doit te venger du harcèlement scolaire qu'on a subi.

— Je fais pas ça pour ça, elle a répondu.

Après le petit-déjeuner, nous avons installé nos chaises longues au bord de la terrasse dont le mur de délimitation tombait à pic dans la mer. Anna a posé ses jambes sur le rebord et nous l'avons imitée. Elle portait un tee-shirt blanc, un pantalon écossais, ses cheveux blonds ramassés dans un chapeau de paille. Rim a retiré sa veste noire et j'ai découvert qu'elle avait un nouveau tatouage sur l'avant-bras. Elle a levé les yeux vers le ciel et j'ai suivi son regard. Au-dessus de l'île, les nuages passaient à la vitesse des camions routiers. J'étais assise au centre. À ma droite, Anna lisait *Philosophie magazine* et à ma gauche, Rim chantonnait encore, ce qui aurait pu être agaçant si le bruit de l'eau ne l'était pas plus. Ces clapotis m'épuisaient. Il y a un roman d'Iris Murdoch, *La Mer, la mer,* qui se déroule de l'autre côté de la Manche. Le livre raconte la retraite d'un grand nom du théâtre londonien dans un bled paumé du sud de l'Angleterre. Un jour, l'homme croise dans la rue son amour d'enfance qui l'a quitté, jeune adulte, sans qu'il comprenne pourquoi. La voyant fragile et enlaidie, il la croit désespérée, déchue, dans le regret et encore folle d'amour pour lui. Il en est si convaincu que le lecteur le croit aussi alors que rien de ce que la femme exprime ne va dans ce sens. Ce texte génial nous rend complice de l'érotomanie du héros dont seule l'impatience vis-à-vis de la mer nous fait percevoir l'extrême nervosité. Devant sa maison, les vagues sucent les recoins de la crique avant de se retirer bruyamment. Pour le narrateur, qui n'aurait jamais pu l'imaginer, cela devient un fardeau pour l'esprit.

Au fond, j'étais aussi nerveuse que lui.

Rim a arrêté de fredonner et j'ai senti qu'elle aurait aimé que je pose d'autres questions sur ses soirées folles, mais je n'en ai pas eu envie. Il arrive que les échanges amicaux prennent une tournure altruiste (*j'aborde ce sujet pénible parce que je sens qu'elle en a besoin et cela me permettra ensuite de parler de cette histoire qui la gave*). Mais dans la crise amicale que nous traversions, cette ruse ne marchait plus.

J'ai essayé de m'endormir en comptant les chefs du service cinéma nommés depuis mon arrivée au journal. Un poste maudit où tout le monde échouait puisque l'occuper revenait à prendre ses goûts pour la réalité. En émergeant de ma sieste, j'ai entendu Anna raconter une de nos disputes historiques à voix basse. L'idée était bizarre. Je veux dire : la résolution d'un conflit est aussi précaire qu'un deal immobilier, des zones d'ombre ont volontairement été laissées de côté, de part et d'autre, pour laisser agir les bonnes dispositions. Le pardon, c'est un dialogue. En l'occurrence, la scène décrite par Anna remontait à plus d'un an. En rentrant d'un reportage, nous avions été bloquées par une bagarre de rue près des

Champs-Élysées, des projectiles et des fumigènes volaient au-dessus de nos têtes. J'avais voulu filmer la scène pour le site du journal, mais Anna m'avait tirée par le bras pour qu'on s'en aille. De retour à la rédaction, j'avais relaté sa fuite. J'avais décrit son affolement. Je l'avais même imitée. « Elle m'a prise en otage et m'a piétinée avec un léger mépris de classe. Elle m'a fait passer pour Heidi, pour la fille qui descend de ses montagnes et qui ne supporte pas la violence des villes, racontait Anna. Elle m'a traitée comme une poupée qu'on coiffe en tirant sa tête en arrière. Comme si j'avais pas l'option sensibilité », a-t-elle ajouté tandis que des rougeurs passaient sur son front (je la regardais à travers mes cils).

Je n'en revenais pas. *Comment quelque chose d'aussi anodin avait pu traverser le temps ?* Par ailleurs, Anna ne racontait pas que quelques jours plus tard, voyant qu'elle boudait encore (elle continuait de me poser des questions, mais ne répondait plus aux miennes), je l'avais chopée. « Allez, ça suffit, crache le morceau maintenant. » J'avais alors reçu un déluge de gros mots sur la tête. La rage disproportionnée qu'elle avait certainement voulu m'épargner remontait à la surface comme de la lave en fusion. Ces reproches n'étaient plus d'actualité, précisait-elle. Peut-être, mais ils n'étaient pas morts. J'étais sortie de là fracassée par ce qui sonnait autant comme une colère contre elle-même qu'une colère contre moi, et je ne l'avais pas appelée pendant un mois complet, ce qui m'avait manqué. Car Anna a toujours joué pour moi un rôle de tuyau d'évacuation des perceptions quotidiennes. C'est de la plomberie cérébrale et c'est essentiel. Son esprit m'offrait comme un second cerveau qui venait en décharge du premier. En fait, à notre niveau, c'était une amitié intellectuelle. De celles qui permettent d'être à la fois dans l'explication à l'autre et l'élucidation de soi. Loin d'elle, je tombais dans des conversations dites panoramiques, du bavardage amical. *Comment va Untel et qu'advient-il de ta copine Bidule Truc.* Sans altitude, précisément.

Depuis un moment, nous nous désynchronisions. Notre dernière discorde datait d'un mois avant Louët. Pour résumer, la petite sœur d'Anna, venue faire ses études à Paris, était tombée amoureuse de son voisin de palier qui, hasard de la vie, se trouvait être un de mes cousins germains. Un Breton infréquentable, qui jurait, quand j'étais petite, que ma mère était « une pute qui allait crever dans un accident de voiture ». Sans relation, je crois, ces deux propositions. Quand elle avait appris la nouvelle, Anna, dont la connaissance de ma famille est encyclopédique, avait considéré qu'il était urgent d'ouvrir les yeux de cette jeune folle de vingt-cinq ans. Elle avait organisé un dîner au cours duquel mon rôle tacite était de démolir le garçon. Ce soir-là, j'avais pris la parole avec une ferveur effrayante. J'avais enchaîné les pires anecdotes, des souvenirs cruels et des choses plus récentes et ce faisant, j'avais provoqué des mini-explosions à l'intérieur de la jeune femme. C'était une torture sans motif puisqu'on ne cesse pas d'aimer avec des arguments. Cela n'existe pas. Les critiques font au contraire flamber les défenses intérieures. C'est épuisant psychiquement, mais l'image de celui ou celle qu'on aime est rétablie coûte que coûte. En face de moi, la jeune femme avait du mal à tenir le rythme. Sa peau prenait la couleur de sa pannacotta. En face d'elle, Anna semblait contenir deux fois plus de sang que sa sœur. Surtout, elle était ravie d'accomplir son devoir sororal en lui indiquant, par mon truchement, la bonne marche à suivre. « Laisser ses proches faire n'importe quoi n'a jamais été une marque d'affection », disait-elle souvent. *C'est la limite du pouvoir de ton intelligence, il n'y a que le temps qui soigne vraiment,* lui répondais-je intérieurement. Il y a aussi peu de raisons d'aimer qu'il y en a de ne plus aimer. Cette affaire se joue en deçà ou au-delà. On peut aimer quelqu'un parce qu'il a une drôle de manière d'ouvrir les bras pour qu'on se loge dedans. J'avais lu quelque part que celui ou celle que nous aimons, c'est celui ou celle que nous voulons engager dans le film de notre vie pour qu'il en renforce l'atmosphère. Cette nuit-là, agacée par sa façon de faire de l'amitié d'impact, j'ai fait la liste mentale de ce dont je ne voulais plus. En premier lieu, il fallait se débarrasser de ce Google Doc partagé de cinquante pages. Ouvert depuis cinq ans, le document, modestement baptisé *L'interprétation de nos rêves,* relevait de la fusion psychique. Une symbiose adolescente. Absence de frontières importantes. Après le dîner avec la sœur d'Anna, je l'avais détruit en prétextant une erreur de manipulation et je rêvais depuis que j'entrais mes secrets dans des ballons gonflables que j'introduisais ensuite dans le ventre de chats de gouttière.

Pour être claire, je ressentais une envie physique de fuir l'influence généralisée d'Anna. Sa chaise en toile de metteuse en scène. La *spin doctor* géniale mais envahissante qu'elle était me faisait penser au psychanalyste

Conrad Stein, qui veut que ses lecteurs ne ressortent pas intacts de sa pensée. Cette amitié laissait des empreintes sur moi à chaque discussion. Après Louët, il faudrait que j'arrête de la consulter pour la moindre petite chose. Que je lui propose de « s'intelligencer » elle-même. Que je fasse en sorte qu'on ne commente plus nos angoisses ensemble parce qu'on ne savait plus, à la fin, si le commentaire de l'angoisse ou l'angoisse du commentaire venait en premier. L'entendre raconter cette vieille dispute me donnait envie de hurler : *Réalises-tu le poids de tes exigences ? J'aimerais pouvoir te dire des choses qui ne te plaisent pas sans prendre le risque de déclencher la colère de Neptune.* Je n'aimais pas les reproches, encore moins les sédimentés. J'avais peur de sa rage enfouie. J'en voulais aussi à Rim de ne pas prendre ma défense. *Qu'elles aillent se faire foutre.* Je n'avais pas besoin d'elles, au contraire. Je me suis levée de ma chaise longue et j'ai dit : « C'est une bonne idée de raconter cette histoire, Anna. Mais comme je la connais, je vais aller me faire un thé. »

Une fois dans la cuisine, pour me consoler, j'ai pensé aux bonnes ondes de mon avenir professionnel. Tout irait bien pour moi, j'avais arrêté de garder mon désir intact de toute réalisation, je m'étais mise au travail. Je m'apprêtais à faire du cinéma pour de bon. Mon premier court métrage avait reçu plusieurs prix et j'avais signé enfin un long avec une grosse boîte de prod. L'endroit était si impressionnant que j'avais eu peur de déclencher un syndrome de la Tourette, de me mettre à faire valser les feuilles et à insulter tout le monde, mais finalement non, j'avais bu un verre d'eau et tout s'était bien passé. Le tournage aurait lieu dans deux ans. Le casting des personnages principaux, dans quelques mois. Je ne deviendrais pas psychanalyste, mais j'allais tracer ma route. D'ailleurs, j'avais prévu de leur annoncer mon départ du journal à l'apéro, ce soir-là. J'allais leur dire : « Voilà, on y est, j'entame ma deuxième vie. » Rim et Anna seraient émues, elles m'envieraient un peu. Mais cette autocélébration a été stoppée net quand je suis passée devant la fenêtre ouverte. Dehors, Anna s'était mise à critiquer mon seul film. Mon cinéma était techniquement intéressant, disait-elle, mais il relevait du même autocentrage que celui dont j'avais fait preuve le jour des Champs-Élysées. Ma démarche artistique consistait à faire jouer mes proches dans mon petit théâtre de Guignol. Les scénarios intimes étaient une manière d'exercer mon individualisme, de m'approprier les meilleures idées des autres et de me donner le beau rôle. Plus globalement, elle avait de plus en plus de mal avec ces auteurs qui mettaient au monde leur moi distribué sous mille formes, dans un dialogue perpétuel avec eux-mêmes, comme le disait Julien Gracq, alors qu'il y avait des urgences politiques. Une dictature verte à installer, par exemple.

Je me suis assise à côté du ruban adhésif et j'ai essayé de toutes mes forces de ne pas trop mal le prendre. Déjà, je n'étais pas une de ces mouches scotchées, j'avais un avenir et je pouvais m'en réjouir. Je suis entrée en discussion avec mon syndrome de bonne élève. J'ai raisonné : 1. Mes films étaient des autofictions (ils se nourrissaient d'événements réels, mais leur trame narrative était fictionnelle). 2. Même s'ils avaient été autobiographiques, on pouvait l'être dignement. Dans ses *Souvenirs d'égotisme*, Stendhal se prend comme objet d'analyse et la vanité est justement ce qui constitue une menace (« ce que j'écris me semble bien ennuyeux ; si cela continue, ceci ne sera pas un livre, mais un examen de conscience »). 3. Pour moi, le procédé consistait à injecter du vécu dans un récit comme d'autres insèrent des faits historiques ou une morale. Et puis, tout était histoire de proportions, puis de camouflage, mais aucune création n'échappait à l'expérience. Alors narcissisme, nombrilisme, exhibition, désaffection du champ politique, dans ma tête, je répondais non, pas quand un travail d'élaboration a été fait. Et l'ennui en est la mesure. Mais à cet instant, Anna a ajouté : « Je ne suis pas sereine pour la suite. Armelle pense que son charme légèrement vrillé excuse tout, elle finira par écrire sur nous. » La lucidité de cette critique m'a clouée sur place.

Mon niveau d'angoisse intérieure est monté. *Qu'allait-elle penser de mon projet ?* Un mois plus tôt, ma psychanalyste était partie à la retraite et je n'avais pas cherché à la remplacer, pensant que j'étais en bon état de marche, ce que ma transition professionnelle semblait confirmer. En vérité, j'étais fragilisée par la fin du journalisme et par ce que je produisais, justement, en tant que *cinéaste de l'intime*. Mon intériorité sans cesse extériorisée brouillait les frontières entre le réel et le fantasme. Je ne savais plus à qui et de quoi était redevable mon processus de création. Je ne savais plus qui étaient mes personnages, eux ou moi ou les deux, si je devais m'excuser et auprès de qui. Anna touchait juste. Depuis que j'avais pris la décision de quitter le journalisme pour le cinéma, mes doutes prenaient toute la place et on pouvait même dire qu'une soupape historique explosait. Les multiples tâches à réaliser pour survivre en dehors du salariat battaient des ailes sur mon visage. Un vol de chauves-souris sur mes joues. Les crises de spasmophilie de mon adolescence revenaient, les sérieuses, qui raidissent la nuque et compressent le cœur au point qu'il faut se tenir les côtes pour s'endormir. J'étais visitée par des phobies d'impulsion (la peur de tuer mes proches avec une hache ou une bouteille de lait). Et des sensations de déréalité, l'impression de me voir depuis l'extérieur de mon corps. Cette île bretonne n'arrangeait rien. Il fallait oublier l'impossibilité qu'il y avait à fuir. Souffler doucement et inspirer ce qui venait d'être soufflé. Se calmer comme quand la lumière s'éteint à l'Opéra et qu'on ne peut plus se lever sans déranger dix personnes. J'ai respiré comme ça et, une demi-heure plus tard, je ne tremblais plus et les filles avaient changé de sujet. Par la fenêtre, le ciel et la mer formaient un tout argenté. J'ai admis qu'il allait falloir que je revienne sur la terrasse avec tout le ridicule que comporte le retour sur une scène qu'on a quittée avec fracas. J'ai préparé mon thé, j'en ai bu la moitié et je suis ressortie de la maison.

En m'approchant d'elles, j'ai entendu qu'elles parlaient de la Tunisie. Rim admettait qu'elle lisait encore tout sur et de Raphaël. Elle préférait les magazines people à ses livres, trop ridicules ses livres. Le type se prenait pour Malraux. Physiquement, il ressemblait de plus en plus à Romain Duris, a-t-elle dit. Avec son œil torve. « À choisir, on préfère son pote Pierre Niney », ai-je commenté. Elle a souri. « Vous êtes malades. Si on peut vraiment choisir, on prend Sami Frey », a tranché Anna. Cet accueil m'a immédiatement adoucie. *C'est bien normal les tensions quand on passe plusieurs jours ensemble.* J'ai proposé qu'on replie nos chaises longues et qu'on bouge un peu, autant que l'île le permettait.

6

L'amour oblique

À midi, le voile gris s'était levé. Du bout de l'île, la vue sur le Taureau était stupéfiante. L'atmosphère était si nette qu'on pouvait presque voir l'intérieur des anciennes geôles du fort. À notre droite s'avançait le bord déchiqueté de la Bretagne, à notre gauche s'étalait le large, et derrière nous se dressait, comme une quatrième personne, une croix en métal qui m'arrivait au torse. L'année 1841 était entrelacée à l'intérieur de son tronc et devant elle, à un mètre, l'île s'arrêtait. *La chance d'être enterré là,* ai-je pensé, *c'est mieux que le cimetière de Montmartre.* Les tensions de tout à l'heure s'étaient évaporées et, d'humeur légère, j'ai lancé des hypothèses sur l'identité de l'enterré : « Mais on va transposer à l'année 1941, d'accord ? C'est plus simple pour une bille en histoire comme moi. Disons qu'un avion s'est écrasé ici un matin. L'officier anglais est mort en voyant le soleil se lever. » Anna a participé : « C'est l'endroit où s'est suicidée la femme d'un prisonnier du Taureau après avoir lu un poème de Rimbaud à voix haute. *L'Éternité.* L'éternité, c'est la mer allée avec le soleil. » D'une voix suffisamment claire pour que le jeu s'arrête, Rim a dit que c'était la tombe d'un gardien, point barre, qu'il n'y avait pas à chercher plus loin et qu'il fallait le laisser tranquille. « Faut pas brusquer Rim qui n'est pas sûre que la mort soit définitive », ai-je dit en riant. Rim a ignoré ma vanne, pris une respiration par le nez et la bouche, cligné des yeux et proposé qu'on revienne ici boire notre fameux apéro, si loin dans l'esprit, ai-je pensé, de celui sous le signe du feu de Djerba. En jetant un œil vers moi, elle a ajouté qu'elle avait apporté du Martini blanc.

C'est ma boisson préférée et je me serais sentie comblée sans la présence de trois goélands argentés au-dessus de moi. L'impensé de ce séjour, les goélands. Je les déteste au point de nier leur existence. À cet instant, ils ont donc surgi autant de leur cachette que de mon inconscient. Nous ne les avions pas vus en débarquant sur l'île parce qu'ils régnaient sur l'autre côté, celui qui faisait face au large. Je me suis penchée pour voir leur nombre et j'ai cru rêver : ils étaient mille, posés sur cette côte effritée et tragique – façonnée par une mer pleine. Une colonie. D'un blanc sale. Avec des cœurs qui battent. Là où nous étions, à la pointe de l'île, c'était le début de leur territoire et donc, comme le monde des oiseaux ne rigole pas, deux d'entre eux nous barraient la route. Ils gonflaient le cou et plissaient les yeux ; ils grognaient. Au moment où Rim a avancé d'un pas, ils ont poussé des cris d'alerte. Le ciel s'est rempli. Un dôme de volatiles s'est formé avec de la méchanceté stridente à l'intérieur. Ils tombaient en piqué sur nous et le vent les rabattait. J'ai marmonné :

— Rentrons, c'est dangereux.

— C'est parce que tu t'es fait mordre les fesses enfant que tu as peur, a dit Rim.

— Parfaitement, j'ai répondu agacée.

— Devant ma famille qui pleurait de rire.

— Exactement.

— Donc tu n'es pas objective.

— Non, mais je sais de quoi je parle. Crois-moi, notre seul espoir, c'est qu'ils ne couvent pas ces jours-ci. Ils peuvent t'arracher les cheveux.

— N'im-porte-quoi, a dit Rim en détachant les syllabes.

(Je n'ai jamais compris si ce tic d'expression de Rim recouvre de la tendresse, de l'agacement ou les deux. Mais cette manière de lire tous mes comportements à l'aune de trois anecdotes millénaires m'irritait profondément.)

Le temps de cette discussion, la situation s'était aggravée. Le dôme se rapprochait de nous, une vingtaine d'oiseaux nous menaçaient avec des cris aigus. Un Hitchcock breton à petit budget. Ou un Walt Disney puisque au sol un goéland se frayait un passage entre nos pieds. L'oiseau en surpoids marchait la tête haute, en roulant des fesses et sans nous regarder. Je le détestais lui aussi. Pour provoquer ce monde bipède, lâche et violent, j'ai proposé qu'on ne mange rien ici ce soir. « Il n'y aura aucune miette de quoi que ce soit, les amis. » Je l'ai dit suffisamment fort pour que le goéland qui marche m'entende et y réfléchisse. Puis j'ai crié vers le ciel pour faire rire les filles : « Vous n'aurez pas nos chips au vinaigre balsamique. » Résultat, Anna et Rim n'ont pas ri et elles ont commencé à marcher. En retournant vers la petite maison bretonne, j'ai pensé aux gardiens de phare qui ont vécu pendant des années avec ces bestioles ingrates. Ont-ils appris à leur parler ? Et si oui, dans quelles bibliothèques trouver leurs mémoires ?

En repassant devant les panneaux interdisant le sommet de l'île, je me suis rembrunie – trop de contraintes spatiales sur cette île. Je traînais les pieds. Il était 15 heures. *Si je pars maintenant, j'arriverai à 21 heures devant ma porte, ça serait parfait.* Dans la cuisine, Anna a trouvé un Snickers glacé au fond du freezer. Elle l'a mangé en trois bouchées en allumant un vieux lampadaire, pile de sa taille, puis elle a proposé qu'on regarde un vieux film sur mon MacBook. Et de me faire des tresses en même temps, si j'étais partante. J'ai accepté, cela ne me dérangeait pas. Cela m'a rappelé que Rim adorait que je la coiffe, petite. Je l'ai déjà dit : sobre, c'est-à-dire la plupart du temps, mon amie d'enfance est devenue rétive à tout contact physique. C'est arrivé sans explication, à son entrée au collège. Un champ magnétique négatif s'est installé autour de son corps. Une autorité naturelle a émergé. Finalement, elle n'accepte d'être approchée que lorsqu'elle est perchée, ivre ou qu'elle a peur qu'on l'incise. (Un jour, dans la salle d'attente d'un dentiste hors de prix de l'avenue de Wagram, on avait quinze ans, elle m'avait dit avec l'intensité des dernières paroles : « L'idée qu'on m'ouvre m'est insupportable. » J'avais pris ses oreilles entre mes mains et posé mon front sur le sien. Nous avions fui.)

J'ai inséré *Crimes et Délits* de Woody Allen dans le lecteur DVD de mon ordinateur et j'ai confusément eu honte de ne pas ouvrir une discussion sur le crime dont l'accuse sa fille adoptive, Dylan, qui apparaît justement dans la dernière scène. Faudrait renoncer à ce film ou au moins inscrire sur une liste de bientôt renoncer à ce film. Je me suis glissée déjà assise entre les genoux d'Anna et j'ai attendu dans la poussière. Mes deux amies jouaient au « Juste salaire des gens du journal ».

— Et Paul, on le paie combien, Anna ?

— Cinq cent vingt-quatre euros par mois.

— T'es dingue !

— Il travaille trois heures par semaine. On l'a pas vu, dans les bureaux, depuis un an.

— T'as raison. Cinq cent vingt-quatre euros par mois, c'est ce qu'il mérite. La presse est en crise.

— Qu'il quitte Paris si c'est trop cher pour lui.

— Qu'il s'installe près de Disneyland, j'ai dit pour jouer aussi. Il fera des tours de tasse géante tous les jours.

— Encore plus loin, Château-Thierry. *Fuck him*, a répondu Anna.

— T'es dure quand même, j'ai ri.

— Et toi, t'es Mère Teresa.

À 18 heures, pour l'apéro, nous sommes retournées à la pointe de l'île en faisant le moins de bruit possible pour ne pas alerter les oiseaux. Nos chaussures glissaient sur le chemin de terre comme des chaussons serpillières et, par miracle, tout est resté calme. Les deux sentinelles avaient quitté leur poste (c'est quoi ce travail). Sur l'autre versant, les goélands nous écoutaient encore, c'était évident, mais ils optaient pour la stratégie des statues musicales. Nous nous sommes assises à trois mètres du bord, derrière la croix en métal qui datait de 1841. En regardant à travers elle, j'ai éprouvé son indifférence. Elle était agrémentée d'arabesques, bien enfoncée dans le sol, à peine rouillée. Elle était là. Comme ça. Impavide et solide. Comme les galets incrustés dans le sol, elle nous survivrait longtemps. Ce qui est troublant, ai-je pensé, c'est que les îles désertes sont comme des peintures. Des morceaux de terre restés hors de portée des décisions humaines. Où tout est conservé à l'identique, où seul l'éclairage change. Je le dis autrement : on pourrait se téléporter de mille ans, dans un sens comme dans l'autre, cela ne changerait rien à ce qu'on voit. Ici, le passé et le futur se confondent. D'ici, le temps est cette chose terrible qui arrive aux autres, pauvres bêtes du continent. Si on y reste, vieillit-on ?

Rim a sorti la bouteille de Martini d'un sac plastique très fin de chez Monoprix. Elle a précisé qu'elle était froide d'avoir passé la nuit dehors. Elle a servi Anna, puis elle-même et moi en dernier. Son sourire était crispé et même étrange (mais je sais que je me focalise trop sur sa bouche, depuis toujours, alors j'ai archivé l'information). La première gorgée – très sucrée – m'a réveillée et la deuxième m'a rappelé l'inconfort de la nuit dernière. Ici, les toilettes se situaient en dehors de la maison. J'aurais aimé qu'on me prévienne, j'y aurais réfléchi, mais le plus grave, c'est que, pour les rejoindre, il fallait escalader un rocher escarpé à l'aide d'une corde de marin qui était nouée à je ne sais quoi au sommet de ce rocher escarpé. En rappel, du canyoning. Il fallait ensuite marcher dans les ronces, écraser des fourmis et tirer vers soi une porte en bois qui ne cédait que lorsqu'on s'était fait à l'idée de la casser en mille morceaux. *Allez, tant pis, j'la défonce.* Avant minuit, tout ce cirque était encore possible. Mais après, non, franchement, ça faisait trop peur. Les rongeurs. La feuille de Canson noire que la nuit est devenue. La lumière du phare nous exposant par intermittence aux longues-vues des maisons du continent. La veille, sous ma couverture, j'avais fini par me convaincre qu'un zombie occupait la coupole du phare depuis des millénaires. Vu la petitesse de l'île, la course-poursuite conçue dans ma tête était de facture ridicule. Un Tom et Jerry macabre. Pour y échapper, je m'étais mise à monitorer mon ventre. À moitié plein à 1 h 24, alors c'était tenable. Les filles dormaient, l'hémoglobine au repos, alors que je surveillais le volume marginal de la poche en forme de bouillotte que j'imaginais être ma vessie. *Et si je ne tiens pas, que faire ? Pisser dans une casserole en fer, que je laverais ensuite ? Mais si le liquide vaisselle est bio, lavera-t-il ? Et si je le fais, est-ce que cela inaugurera une série d'actes sauvages ? Vais-je me mettre à pisser dans des casseroles – en règle générale ? Qui voudra encore de moi ?*

Pour passer une nuit plus calme, j'ai décidé de m'en tenir à un seul verre bien rempli de Martini blanc. Je les ai prévenues. « Je vais m'en tenir à un seul verre de Martini bien rempli. » Mais elles n'écoutaient pas parce qu'il y avait trop à voir. Tout était douloureusement magnifique. Le soleil ployait dans l'eau. Il se rendait, il coulait, il embrassait la mer, il s'abandonnait complètement. Sa lumière orange fondait sur la surface, elle était aussi propulsée vers l'avant et donnait aux bouquets d'herbe à mes pieds une teinte ambre qui, et c'est ce qui était beau, n'anéantissait pas le vert originel. Comme le vent se levait légèrement, les longues tiges bougeaient comme si elles jouaient le Chopin de Rim. Puis soudain, le rouge orangé s'est perdu. Tout a viré au bleu, au gris, au plus sombre, au plus argenté, et la mer a pris l'aspect d'un miroir de glace. J'ai regardé mes amies au teint devenu métallique regarder au loin, et je me suis souvenue que je les aimais de manière plus oblique que cette ligne d'horizon qui n'est la même pour personne, puisque chacun vit dans son propre champ optique.

7

Légère tendance à l'asservissement

J'ai contemplé Rim dont les petits cheveux des tempes frisent avec l'humidité et j'ai pensé que nous étions comme deux marionnettes en chiffon enfermées dans une malle – ou dans une même coque qui serait, à bien y réfléchir, une sorte d'utérus géant (c'est dégoûtant, pardon, mais c'est l'image qui m'est venue). Si l'une de nous disparaissait, la solitude frapperait l'autre à chacun de ses mouvements – devenus trop légers, inconsistants, ai-je pensé. De façon prémonitoire, j'ai senti que son absence m'entraînerait dans le fleuve à l'odeur de jasmin, rapide et triste, qu'est la dépression. Cette amitié n'était pas parfaite et ne se fondait pas vraiment sur l'entente, mais elle était forte par sa nature architecturale. Nous étions piliers, structures, fondations l'une pour l'autre. Rim m'avait aidée à me construire sur une situation familiale claquée au sol, comme disent les jeunes. En fait, si l'on poursuit avec une autre image, c'est comme si Rim et moi nous étions connues en haut de l'Annapurna. Des jumelles de crevasse. Cela relevait de la liaison d'équipage.

Avec Anna, l'amour était plus fragile. Une harmonie qui dure, des commentaires sur nos vies, comme des notes de musique qui se succèdent. Quand le film avait commencé, avant de me faire des tresses, elle attrapait mes cheveux à la racine, pour les soulever et les faire retomber en paquets. J'en avais des frissons. Il y avait cette sensualité et le fait qu'elle parlait avec passion de sa dernière découverte. Elle expliquait en me coiffant l'idée d'une philosophe américaine selon laquelle on ne doit pas rompre une relation de façon unilatérale – parce qu'il est extrêmement violent de retirer d'un seul coup à l'autre une partie de son identité (celle logée dans le « nous »). C'était une amputation. Le Moyen Âge. Alors que tout peut se faire dans la négociation des besoins. « Oui, mais il y a des gens que ça arrange de ne jamais rompre », ai-je répondu en prenant le risque qu'elle croie que je parle de sa relation avec Adel, ce qui était le cas. Une chanson kitsch sur la rupture s'est lancée dans ma tête (*If you leave me now / You'll take away the biggest part of me*) et l'idée que jamais aucune idée énoncée n'est nouvelle, celle-ci incluse, m'est tombée dessus. Vexée par ma remarque, Anna a changé de sujet. Elle a attrapé son téléphone pour calculer mon score ACE pour « *adverse childhood experience* ». Une note qui évalue l'enfance traumatique, m'a-t-elle expliqué, à partir d'une série de questions (« étais-tu frappée/humiliée par tes parents ? »). La recherche américaine a montré que cette note est corrélée à la santé globale d'un individu devenu adulte. La natte côté droit était finie, elle s'attaquait à l'autre côté. Rim était concentrée sur le film, ce qui m'arrangeait pour répondre aux questions. J'ai exagéré mon malheur familial et Anna, ayant sûrement fait pareil, a découvert que nous avions le même score : 4/10. « Ah bah tu vois, ça m'étonne pas », a-t-elle dit. « On n'est pas amies pour rien », ai-je ajouté, la partie gauche de mon visage recouverte de cheveux. Alors oui, j'aimais la densité de ces conversations, mais l'idée de lui faire plaisir ne me laissait jamais au repos.

L'été précédent, Anna s'était retrouvée seule à Paris parce que Panchi et leur fille étaient allés dormir sous une tente en forêt je ne sais plus où, et qu'elle ne supportait pas ça. « Ça ne fait rire que les bourges, ces choses-là. » Après avoir refermé la porte derrière eux, elle s'était lancée dans une grande traversée des pièces vides de son appartement, dans un sens comme dans l'autre, et aussi profondément qu'une relation sexuelle. Au début, on ne peut pas y croire à ce silence, cette solitude, tellement c'est bon. Mais très vite, au bout d'une heure, le bonheur s'était mué en un constat : celui de n'être attendue nulle part. Une terreur : être face à soi-même. L'appartement familial avait perdu sa famille. Sa fonction était perturbée et à 19 heures, à l'heure où tout le monde s'active habituellement, une sensation de vide avait écrasé la poitrine de mon amie. *Étaient-ils tous morts ? Les avait-elle rêvés ?* Que faire ? Sortir du lit, circuler dans l'appartement, oui mais dans quel but ? Et pourquoi aller dans le salon plutôt que dans la salle de bains ? Assise sur sa baignoire rétro, Anna avait réalisé qu'elle n'avait rien à faire de sa soudaine liberté – à part bouffer des concombres sous vide et proposer des cafés à des gens indisponibles. Elle avait pensé qu'elle aurait dû anticiper, prévoir des rendez-vous. Elle m'avait appelée. « Putain, j'ai plus de vie en fait. Je suis célibataire et sexy, mais pour personne. » Je lui avais raconté que la dernière fois que ça m'était arrivé, d'être seule à Paris, j'avais fini au téléphone avec mon amour de lycée qui vivait à Dubaï, tenait des discours entrepreneuriaux anti-France et n'arrêtait pas de me demander si je ne voulais pas prendre un bain « maintenant » avec lui qui resterait en ligne. J'avais fini par répondre que je n'étais pas totalement opposée au principe de coucher avec lui par téléphone, mais que je le trouvais trop de droite. Après ça, j'avais renoncé à exercer ma liberté, à l'*agir*, et la semaine avait été plus reposante que jamais. J'étais tombée dans un état régressif qui consistait à lancer des Babybel dans des barquettes de carottes râpées et à manger le résultat. Je ne lavais rien. J'empilais tout. J'avais vécu entourée de cadavres de Coca light et en communion avec les films de Claude Sautet. Finalement, cela faisait réfléchir, mais personne ne m'avait manqué, et j'étais sûre que ça serait pareil pour elle. Pas convaincue par mon développement, Anna m'avait demandé si je voulais bien venir déjeuner chez elle le lendemain. Alors que c'était techniquement impossible, j'avais accepté sans réserve. Ce matin-là, j'avais rendez-vous avec une artiste peintre pour le journal. Je devais ensuite attraper un train pour rejoindre Daniel et les enfants au Pays basque. Entre ces deux obligations, il y avait un temps hypothétique dont mon amie s'emparait à la manière d'un T-rex. Pendant l'entretien avec l'artiste, j'avais mis mon téléphone en mode avion. En sortant de l'interview, tard et secouée (cette femme, qui souffrait de migraines qui l'empêchaient de travailler, mimait avec ses mains des pinces de machines à jouets qui ne se desserraient jamais), je l'avais rallumé. Trois messages d'Anna étaient tombés dans ma boîte.

Tu viens toujours ?
?
???

J'avais rassemblé mon courage sur trois cents mètres et je l'avais appelée. Elle avait décroché et laissé planer un long silence. « Salut Anna ! » J'avais expliqué qu'il m'avait été impossible d'écourter ce rendez-vous (« La veille au soir, la dame a dû se rendre aux urgences pour être mise sous perfusion de Laroxyl. Tu te rends compte, tu savais qu'on allait aux urgences pour des migraines, toi ? ») Non, mais ça ne l'étonnait pas. « Je comprends pas. Tu ne savais pas que ça faisait mal, en fait ? » Le ton était exaspéré. Elle m'avait demandé à quelle heure était mon train. « 14 h 17, exactement. » Nouveau silence de l'enfer, ambiance téléphonique plus tendue que jamais. Puis elle avait fini par avoir pitié de moi. Tendue : « Je crois que ça ne vaut plus le coup que tu viennes à la maison. » « Ah, tu crois ? avais-je demandé en faisant mine de trouver ça radical. Ouais, remarque, t'as sûrement raison, ça fait juste, mais je peux rester au téléphone avec toi sur le chemin de la gare. » Cette proposition avait miraculeusement suffi à l'apaiser. Elle allait déjeuner avec quelqu'un. Sa voix s'était réchauffée et des bruits domestiques m'étaient parvenus. Elle avait sorti du four une tarte aux légumes (bruit de la porte du four), une assiette et des couverts (bruits de couverts). Une fois installée au bar de sa cuisine américaine, elle m'avait demandé de lui raconter ma vie (selon les jours, elle disait : « Débriefe » ou « Raconte ! »). Dans ces moments-là, elle était la P-DG d'une entreprise dont j'étais à la fois l'objet commercial et la cheffe des ventes. J'avais ramassé tout ce que mon esprit avait produit d'intelligent ces derniers jours. Le téléphone chauffait mon oreille, ce que je détestais.

— T'es où là ?

— Au métro Gambetta.

— Va à Alexandre-Dumas, ça sera plus simple.

— T'es sûre ? Pourquoi ?

— Le changement sera plus rapide.

— Ok, mais t'es sûre que ça vaut le coup ? Parce que ça va me prendre du temps pour y aller… Nan ?

— Mais non, je te jure que t'y gagnes. Avec ma solution, t'auras même pas d'escaliers à monter.

— Ah très bien. (Je me fous de monter des escaliers.)

Entrer dans la station devant moi était mon plus grand désir, mais je ne pouvais pas la vexer davantage. Pour aller à Alexandre-Dumas, rien de plus simple, m'avait-elle dit, il fallait longer le cimetière du Père-Lachaise. J'avais furtivement repensé au SMS de Manuel « J'adore le Père-Lachaise » et décidé que *moi toujours pas.* J'avais aperçu le mur d'enceinte (« Ah ok je vois ») et l'avais suivi d'un bon pas en discutant avec elle du caractère psychosomatique des migraines, et de Freud, lui-même migraineux, jusqu'au moment où je n'avais plus tout à fait reconnu Paris. Davantage de ciel. Des rues élargies. Mon Dieu, les boulevards extérieurs, je n'allais pas dans la bonne direction. J'avais encore fait trois pas par optimisme. Tombée nez à nez avec un tramway, je lui avais coupé la parole : « Attends deux secondes, meuf, je crois que je suis perdue. » Je lui avais donné le nom de la rue où je me trouvais, puis celui d'une perpendiculaire pour que Google Maps sache tout. Et c'est en l'entendant jurer en savoyard (« foi de Dieu ») que j'avais eu la confirmation d'avoir pris la route du cimetière dans le mauvais sens (ce qui ne sera pas toujours vrai). « T'es à l'opposé de là où tu devrais être », m'avait-elle dit, dépitée. « Merde », avais-je répondu en me frappant le front avec la main. Elle m'avait alors conseillé de courir en sens inverse, « et vite » si je tenais toujours à mon train. J'y tenais toujours, oui. Rien n'avait changé. Mais j'avais plutôt couru après une luciole verte en faisant des gestes de miraculée. Assise dans le taxi, j'avais lancé avec la détermination qui me manquait depuis une heure : « Gare Montparnasse, s'il vous plaît. »

Le jeune conducteur avait lui aussi laissé planer un silence (manie du jour). Puis il avait calé plusieurs fois. Un minimum de présence au monde aurait dû me faire voir l'évidence : la rue était si bouchée que nous n'irions nulle part. La voiture elle-même l'avait compris, qui restait inerte. Mais j'étais concentrée sur l'imitation des trois bruits de gorge du psychanalyste d'Anna et je n'ai pas décrypté la situation. Le chauffeur a commencé sa course impossible et les deux trois actions cruciales qui m'auraient sortie d'affaire (évacuer ce véhicule, déjà) ne me sont jamais montées au cerveau. J'étais encapsulée dans les mots de mon amie. Le taxi ne passait pas la troisième. Au bout d'une heure, je m'étais finalement réveillée en apercevant la gare : « Maintenant Anna, je vais devoir courir et je pense que ça sera plus simple si je le fais sans te parler en même temps. » Elle en avait convenu. « Ok, rappelle-moi après ! »

J'avais couru dans les couloirs avec ce vieux sac en cuir vert que ma mère m'avait donné, que je trouve cool, mais qui me grignote le cou. Je l'ignorais, mais mon train courait déjà au même rythme que moi sur ses rails. Sur le quai, plus de train, et le cou en forme de croissant. J'avais manqué d'air et d'espoir. Après avoir vérifié que je ne connaissais personne autour de moi, j'avais fondu en larmes. Mon visage s'était contracté comme une canette écrasée. J'avais gémi. Une dame de la SNCF, grande au point qu'on le lui dise tous les jours, s'était approchée de moi et avait posé sa main sur mon avant-bras en me demandant ce qui n'allait pas. J'avais répondu que mes vacances étaient foutues, tout simplement. Que l'idée même de rouvrir un appartement fermé était insoutenable. Elle avait eu l'air de penser : *Elle a des vrais problèmes, elle.* Mais avec professionnalisme, elle m'avait lancé un regard compatissant et elle m'avait proposé de m'aider à modifier mon billet sur une machine jaune. Je l'avais suivie, reconnaissante, mais au moment où elle m'avait suggéré de nouveaux horaires, froidement, sans affect, j'avais repleuré. J'avais compris que, malgré sa taille et son badge SNCF, elle avait ses propres limites. D'une voix broyée, j'avais rétorqué que ces autres trains, qu'elle me proposait, me feraient louper ma correspondance. Elle m'avait dit, comme si j'étais bonne pour l'Ehpad et les endives : « Allez non, madame, ne soyez pas pessimiste. » J'avais trouvé ça con. Elle m'avait encore touché le bras, mais cette fois, cela m'avait déplu. J'avais intérieurement regretté notre rencontre. Elle m'avait tendu un billet chaud, tout neuf, et je l'avais tiré de sa main en lâchant l'ambivalent « merci bien ». Mon manteau et mon pull trop larges laissaient passer l'air du hall des départs. J'avais froid. J'étais dans ce genre de situation où l'on n'est pas à plaindre, franchement, mais où l'on envisage quand même de démissionner de toutes ses fonctions.

C'était Montparnasse, quelques mois avant Louët et le mec à la cornemuse. C'était au moment où je prenais ma décision d'arrêter le journalisme. Au sein de la gare, il y avait une partie commerciale avec des boulangeries, des stands de macarons, une mini Fnac et des boutiques de fringues. Plutôt que de rappeler Anna, je m'étais réfugiée dans la cabine d'essayage d'un magasin Levi's et j'avais essayé des jeans en les violentant un peu. Grâce à cette activité sadique, l'heure du nouveau train était arrivée vite. J'avais replié les pantalons gentiment. Une fois à Bordeaux, j'avais comme prévu loupé ma correspondance, mais je n'avais pas repleuré. J'avais même commencé à rire. J'avais appelé Daniel, les enfants en haut-parleur, et j'avais dit : « Pardonnez-moi, j'ai loupé mon train parce que Anna s'est comportée comme un GPS et moi, comme un homme des années 90 n'ayant pas le recul technologique pour l'éteindre. » À l'hôtel Ibis de Bordeaux, pas de jeunes premiers comme on en voit dans ces hôtels, mais un septuagénaire moustachu tout droit sorti d'un hôtel de passe. L'homme m'avait attribué une chambre sans fauteuil (deux positions : debout ou allongée), aussi glaciale que cette journée. J'avais dormi habillée, ce qui aurait dégoûté Daniel qui, en grand obsessionnel, souhaite que je me lave deux fois par jour. Ça m'avait fait marrer. J'avais failli l'appeler pour lui dire : « Tu sais pas quoi ? Je dors habillée. » (Mais j'avais renoncé, happée par un souvenir. Au tout début de notre relation, je lui avais demandé par quels mots commençait la chanson *Girl* des Beatles et il s'était mis à la chanter par cœur, de sa voix aiguë, en faisant des tours sur lui-même dans la rue. La chose la plus belle et la moins virile que j'aie jamais vue de ma vie.)

Au milieu de la nuit, la couverture avait glissé de mon épaule glacée. Mes sous-couches épidermiques éclataient comme du papier bulle. J'aurais voulu coudre l'édredon au bord de mon cou. J'avais fini par trouver le boîtier du chauffage dans la salle de bains. Une petite console blanche aux boutons simples, une flèche vers le bas et une vers le haut, et j'avais tant appuyé sur celle du haut que ma gorge s'était asséchée en sept minutes. La muqueuse de mon œsophage avait pris la consistance d'une serviette de bain laissée des années au fond d'un jardin. Voilà où j'en étais. Dans la nuit bordelaise, la lumière de ma chambre dessinait un carré bien distinct. Un cube de glace jaune. J'avais mal à la gorge. En face du lit *king size*, un grand miroir reflétait l'immense visage d'une femme noire enturbannée qui tapissait le mur derrière moi. Assise dans mon lit, le haut de mon crâne cachait le bas de son menton. Son regard sombre et las était dirigé vers moi. Elle me sommait de parler. Avec elle, j'avais fait le point sur ma situation amicale. *Par quelle force mentale Anna me dirige-t-elle dans Paris ? Quand est-elle devenue ma cheffe ? Quel lien entre ma peur de lui déplaire et mon syndrome d'enfant inquiète (qui s'accompagnait d'une soumission à l'autorité paternelle)* ? Anna Omnisciente. C'est ainsi que je l'avais rebaptisée ce soir-là. *Anna Omnisciente, je vais prendre le métro à Gambetta parce que certaines choses sont plus simples quand on les décide soi-même.*

J'avais décrit à ma colocataire à turban le charme de mon amie. Sa beauté et son intelligence. Ma légère tendance à l'asservissement avec elle. J'avais noté dans mon portable : *la colère geyser d'Anna ou l'idée que je m'en fais, je ne sais pas.* « Pour moi, j'ai dit à la femme noire, Anna est une perfusion à alimenter sans cesse de réactions adéquates. D'intelligence allant dans son sens. C'est trop de boulot. Je démissionne ! » Dans un rêve de cette époque, je présentais Anna à des gens importants avec lesquels elle montait au sommet du mont Blanc tandis que je les cherchais dans une piscine municipale (assez loin du but, du coup). Parmi eux, Emmanuel Carrère, Elton John, Lacan. Je ne valide pas cette sélection monogenrée de mon inconscient. Je n'y peux rien. Dans ce rêve, Anna m'appelait pour me dire qu'elle venait de passer un « moment délicieux » avec Lacan au sommet d'une montagne rose et je la félicitais. Pourquoi n'arrivais-je pas à lui dire une chose aussi simple que : « T'aurais pu m'attendre, moi aussi, j'aimerais être amie avec Lacan » ? Merde quand même, à cause d'elle, je mourais de froid. Ou à cause de moi ?

8

La stratégie des antilopes

À 19 heures, nous sirotions toujours du Martini. La conversation était décousue : Rim et Anna parlaient sans passion du pronucléaire Jean-Marc Jancovici. Concentrée sur la puissance du vent, je n'écoutais pas. Il me semblait qu'un barrage de la hauteur du ciel avait cédé et que des rafales extérieures au monde s'engouffraient dans la baie. En une seconde, la mer est passée de très calme à dans tous ses états. L'île allait dériver vers l'Angleterre. Raison pour laquelle les goélands argentés n'avaient pas bougé tout à l'heure, ai-je pensé. Ne pas finir avec des restes de *fish and chips* dans les poubelles de Londres. J'ai proposé qu'on retourne s'abriter à l'intérieur de la maison, mais Anna a refusé de s'éloigner de ce paysage spectaculaire. Elle s'est collée à une sorte de gros menhir et nous l'avons imitée. Abrité derrière ce rocher rond, j'ai trouvé que le week-end se déroulait mieux que prévu. L'apéro était neutre, presque sympa, et cette tempête le graverait dans nos mémoires. Cinq minutes se sont écoulées comme ça, dans la contemplation de la mer d'écume. Puis Rim s'est tournée vers moi, elle a remonté la capuche de son ciré jaune sur ses cheveux humides, tiré sur les deux fils d'un coup sec et m'a demandé en fermant les yeux où j'en étais de mon long métrage. Pas sûre d'avoir bien entendu, je lui ai demandé de répéter.

— T'en es où de ton film ?

Humm. J'évitais consciencieusement le sujet depuis que j'avais commencé à travailler dessus. D'abord, parce que je ne savais pas encore tout à fait ce que je fabriquais. Pour comprendre si c'était normal, j'étais d'ailleurs allée faire un tour des vrais artistes. Contrairement au compositeur Ravel, dont les périodes de gestation étaient connues pour être longues, et à l'inverse de Shakespeare, qui affirmait lui aussi quelque part qu'il fallait beaucoup réfléchir avant d'écrire le moindre mot, moi, j'improvisais. J'ai répondu ça à Rim et aussi, comme si j'étais dans un Forum des arts, que je ne saurais pas dire si la qualité d'une production dépendait justement d'une meilleure capacité d'anticipation. J'ai cité le romancier Edgar Lawrence Doctorow: « Écrire, c'est comme conduire la nuit. Vous ne voyez pas plus loin que ce qui est éclairé par vos phares, mais vous pouvez faire toute la route ainsi. » Laurent Mauvignier, dont j'aurais parié qu'il était le roi du plan en trois parties, affirmait qu'il se laissait emporter par les excroissances de ses livres. Que c'était même elles qui faisaient basculer le texte dans sa vérité propre, ajoutai-je. Bertrand Blier pensait que le secret de l'écriture, c'était d'écrire vite, pour trouver une énergie et une sincérité – le scénario devait pousser comme un champignon vénéneux. Alors voilà, je faisais modestement partie de cette bande d'improvisateurs. Moi qui débutais dans le cinéma, j'essayais de contrôler un flux de pensée proche du rêve éveillé. Je l'expulsais et le taillais maladroitement. Je posais des bouts de sol devant des personnages en mouvement. C'était précaire et difficile. Et je ne savais qu'une chose : seul le sujet comptait, sa nécessité. Pas pour l'art, mais pour l'auteur, pour qu'il n'abandonne pas son projet au milieu. Afin que son moteur intérieur vrombisse, il fallait que le propos lui semble d'une importance capitale, niveau survie de l'espèce, oui j'ai dit ça. Elles ont gentiment acquiescé, mais c'était le risque, Anna a demandé :

— C'est quoi ton sujet ?

J'ai fait semblant de ne pas entendre et je me suis resservie à boire. Comme un vieux prof de Yale, j'ai poursuivi : j'avais récemment pris conscience que l'écriture était ce qui nous séparait, que c'était l'une des clés de notre éloignement. Chacune creusait son trou, très clairement, et la maternité avait arrêté de nous définir. Ces derniers temps, la poursuite de nos centres d'intérêt, de nos vies, avait fait de nous des plaques de banquise. J'ai mimé avec les mains des plaques de banquise s'écartant doucement sur l'océan Arctique. Mes mains parallèles au sol, de plus en plus éloignées. D'importants non-dits s'étaient installés et je savais qu'à cause du cinéma je leur téléphonais moins. Peut-être même qu'elles en parlaient ensemble ? Je me roulais dans la solitude et le secret, avec une certaine complaisance. J'admettais d'ailleurs qu'il y avait une drôle de contradiction à ce qu'une œuvre destinée à être rendue publique reste aussi longtemps enfermée à double tour. Mais tout ce qui venait expliquer une démarche en cours, toute tentative de réponse à « de quoi ça parle ? » me donnait l'impression de dire n'importe quoi. Ce qu'on produit en tant qu'adulte fini revêt toujours quelque chose de honteux. Voilà pourquoi j'avais autant de mal à parler de tout ça avec elles, ai-je conclu. Voilà pourquoi j'étais absente et toujours au bord de mes pensées. Anna a eu l'air de comprendre, mais Rim m'a jeté un regard vitreux. Elle a repris :

— T'as pas répondu à Anna. C'est quoi le sujet ?

— Laissez-moi avancer, j'ai répondu d'une voix suppliante. Je vous en parlerai cet été.

— Tu peux nous en parler en restant vague, a essayé Anna.

— Non, je préfère pas.

Silence encore, elles réfléchissaient. *Cette conversation était-elle par bonheur terminée ?* Non. Rim ne me lâchait pas du regard, attendant la suite.

— J'aurais du mal à m'en remettre si je lis dans vos yeux que vous trouvez ça nul, ai-je ajouté.

— Impossible, t'es un génie, ça sera forcément intéressant, a dit Anna machinalement.

— J'irais pas si vite, a repris Rim.

Elle craquait. Quelque chose n'allait pas. La ligne de sa bouche était cassée. L'émotion donnait à sa peau un aspect mouillé. Fait rare, et inquiétant : ses joues gonflaient. Cela ne s'était produit que deux fois dans notre histoire amicale. La dernière fois, un an plus tôt, quand je lui avais dit que, vu son âge, je ne comprenais pas pourquoi sa colère contre sa mère persistait. C'était une provocation de ma part, pour la faire chier. J'avais bu deux pintes de bière et je m'étais rangée pour une fois derrière ceux qui trouvent qu'Emmanuelle est adorable, charmante, parce qu'ils n'ont jamais assisté à rien. Moi qui connais par cœur la situation entre les murs, je sais que cette femme, qui a manqué de reconnaissance primordiale dans l'enfance, ne sait que séduire ou détruire, rien d'autre, et qu'elle calomnie tout ce qui l'insécurise. Je sais que ce qu'Emmanuelle juge mal ne l'est pas intrinsèquement. Elle salit, diffame et travestit les honnêtes intentions de ceux qui ne l'adoubent pas. Elle expulse sa dépression, la plaque sur ses ennemis. Mais sous le palmier chauffant de la terrasse, la soirée était molle et Rim agaçante avec son éternel sujet parental. « Allez, on est des adultes, arrêtons de pleurer sur la structure psychique des gens », avais-je dit. J'avais ajouté que sa mère était toujours sympa avec moi – et ce « toujours » était faux et ce « avec moi » montrait l'étendue du problème.

Du point de vue de Rim, ce que j'avais dit là, *t'exagères avec ta mère*, était sûrement la pire des trahisons. La négation absolue, par le plus sûr témoin de sa vie, de tout ce qu'elle avait réussi à élaborer ces dernières années. C'était immonde parce qu'on ne sait jamais si on a raison seule. Vis-à-vis de soi-même, on reste soupçonnable de tout. Alors si ceux qui sont supposés nous comprendre nous lâchent… Disent que le bateau de notre enfance n'était pas jaune, pas du tout, mais rouge, alors qui croire ? Ses joues avaient gonflé, elle avait prétexté un rendez-vous et elle avait filé.

Joues gonflées aussi, il y a des lustres, la fois où je lui avais dit ce que je pensais de son mec à l'université, un garçon avec lequel elle était restée trois ans et qui venait de notre milieu bourgeois. Stanislas était aussi riche que ses trois cents amis. Les premiers mois de leur relation, j'avais vu Rim heureuse d'appartenir à un groupe qui avait la force d'un pays. Le garçon, qui vivait à deux pas du jardin d'Acclimatation, organisait des fêtes sous le porche de sa maison d'inspiration basque. Sa mère, qui travaillait dans la mode, donnait à Rim de vieux vêtements. Un imperméable Burberry, une robe Chanel. En dehors de son visage, je ne la reconnaissais plus. Elle ressemblait aux filles les mieux habillées de notre enfance. Béatrice Dalle Middleton. C'était presque un cauchemar. Rim et Stanislas ont été le premier couple français à posséder un rétroprojecteur. Tous les samedis soir, ce SMS de Rim : « Viens mater un film sur le rétro ! » C'était insupportable. Je le portais sur mon visage, que je trouvais ça insupportable. Pour Rim, mon regard était devenu pesant et pour moi, le pire n'était pas qu'elle ait changé, mais que son changement ne soit acté nulle part alors que j'aurais voulu que chacune de nos conversations débute par ce préambule. Le reste m'aurait ensuite semblé tolérable.

Le cœur du problème, c'est que je n'aimais pas Stanislas. Un recordman du bilan carbone qui ne passait pas une semaine sans prendre un moyen-courrier. Ses expressions fétiches : sunset, playa, kids et besos. Le garçon travaillait pour son père dont il était énamouré (on devrait, tout genre confondu, savoir tenir un jugement impitoyable sur la première figure idéale. Tout le monde tape bien sur les mères). Stanislas travaillait dans la société créée par son géniteur, un fabricant d'avions privés. Il avait vocation à en devenir le numéro deux, puis le numéro un. Quand lui et son père se téléphonaient à 21 heures, Stan lui contait tout ce qu'il avait entendu dans les couloirs de l'entreprise. L'allégeance totale. Soumis à son père, comme Alfredo dans *La Traviata.*

Mais si un fils se soumet à cette première loi, à quoi ne se soumet-il pas ? Rien ne me rend plus triste. Au bout d'un an et demi, il était devenu évident que Rim n'aimait pas non plus Stan puisqu'elle s'était mise à porter des lunettes fumées d'insomniaque. Kate Middleton en rehab. Un dimanche après-midi, lors d'un déjeuner près de mon ancien chez-moi à Belleville, elle avait bu trois Spritz. N'y tenant plus, je lui avais dit de quitter ce mec dont on ne pouvait pas dire qu'il lui faisait du bien. J'avais utilisé cette expression alambiquée. « On ne peut pas dire qu'il te fasse du bien. » (Comme dans *Simple journée d'été,* de Frédéric Berthet, le narrateur répond « Vous pourriez ne pas vous tromper » à la boulangère qui lui demande s'il veut une baguette de pain.) Et alors que j'aurais dû en rester là, que je ressemblais déjà à la cousine bigote avec sa médaille dans le cou, qui s'inquiète de voir sa parente boire des alcools forts, j'avais ouvert les vannes. J'avais dit que Stan était moche et sans vie. Elle avait contracté la mâchoire et fermé son sac Vuitton. J'avais poursuivi les critiques. Ses joues avaient gonflé. La porte du resto avait claqué. En marchant dans le quartier, alors que j'avais tort sur toute la ligne, j'avais réussi à me mettre moi aussi en colère contre elle. J'avais pensé qu'elle m'imposait, depuis des mois, une forme d'exhibitionnisme. Elle me montrait son malheur. Puis, ayant fini de me traumatiser, elle réintégrait son home cinéma climatisé. En fait, nous performions une danse dans laquelle elle jouait Pinocchio et moi Jiminy Cricket. Comment faire pour que ça s'arrête ? Elle me mettait en échec. On ne riait plus. J'écoutais sans cesse la même bouillie mentale. Elle disait : « Je ne l'aime plus. Je vais partir. » Puis : « Je peux pas vivre sans lui, ça m'arracherait le cœur. »

« Mais enfin Rim, tu dis tout et son contraire. Reprends-toi. Tu m'as habituée à plus de force mentale. »

Après ce déjeuner, nous avions coupé les ponts, ce qui m'avait peu coûté tant j'étais jeune et confiante. J'étais sûre que ça reviendrait, et un an plus tard, nos études finies, c'était effectivement revenu. Je l'avais appelée après être tombée dans une librairie du Marais sur un dictionnaire animalier. Le livre m'avait fait prendre conscience d'avoir pratiqué avec Rim ce qui y était décrit comme la stratégie des antilopes. Ces mammifères courent ensemble jusqu'au moment où ils réalisent que cette solidarité les met en danger, était-il écrit, alors ils se séparent. Dans un premier temps, la course collective augmente les chances de s'en sortir parce qu'une proie seule ne peut pas dévier l'attention d'elle-même. Mais une fois le prédateur aux talons du groupe, les animaux prennent la tangente, et c'est chacun pour soi. Le prénom de mon amie (« antilope » en arabe) a fini d'embrouiller ma lecture. Le texte et ses images jaunies me parlaient personnellement. M'engueulaient. *Trois Spritz, un rétroprojecteur et tu l'as lâchée aux lions ?* J'ai refermé le livre cartonné et j'ai composé son numéro. « Salut Rim, tu te souviens de moi ? » Au téléphone, j'ai dit avoir été nulle (« Tu sombrais et je me suis écartée ») et elle m'a dit être célibataire (« T'avais raison, je l'ai quitté et j'ai gardé le rétro »). Par la suite, elle ne m'avait fait aucun reproche. Elle m'avait, semble-t-il, laissé une seconde chance.

Une remarque ici : on accorde souvent à l'amitié un

statut supérieur à celui de l'amour. Mais en réalité, quand un ami va mal, il est abandonné plus vite parce que aucune structure sociale n'est là pour soutenir la relation. Alors qu'une pelote de fer maintient les couples ensemble – les amis communs, les enfants et le logement –, rien de tel pour l'amitié. Et comment supporter les boucles conversationnelles, les yeux fous, les cigarettes en série et la série d'emmerdes qu'est devenue la vie d'une amie, quand rien ne vous y oblige ? Comment supporter le changement de style et de valeurs ? Qui veut devenir le maître-chien d'un labrador aux yeux mouillés qui saurait parler français et vous appellerait tous les jours pour vous dire qu'il n'a suivi aucun de vos conseils ? Qui, sérieusement. À part un être sacrificiel. Ou une meilleure personne que moi.

9

Le film

Rim déteste le conflit. En général, lorsqu'elle est fâchée, elle se contente de faire des sous-entendus qu'elle seule comprend. Mais cette fois, ça allait être différent. Bien que le soleil ait disparu dans l'eau, je pouvais voir une quantité inégalée de reproches se bousculer derrière ses dents écartées. J'ai pensé : *Bon, c'est l'heure, ça va enfin sortir.* À ce stade, j'étais encore curieuse.

— Je sais de quoi parle ton film, elle a dit.

— Comment ça ?

— J'ai été chercher mes clopes dans ta chambre, tout à l'heure. Il y avait dix pages sur ton lit.

— Tes clopes dans ma chambre ? Et tu t'es assise et t'as lu ?

— Oui c'est ça, j'ai lu.

— Tu as considéré que t'avais le droit de faire ça ?

— Tout à fait. Mais si tu veux tout savoir, je me suis mis une limite morale. Je n'ai rien déplacé. Et j'ai pas cherché le reste du texte.

— Félicitations. Et ça t'a plu ?

— Honnêtement, pas terrible.

— Je suis désolée.

— Pas de problème, je suis sûre que tu trouveras ton public. Mais dis-moi, Armelle, à quel moment tu comptais nous prévenir que ça parlait de nous ?

— Écoute, ça tombe bien que tu poses cette question parce que je comptais vous en parler maintenant. C'est con, hein, t'as loupé une occasion de bien te comporter.

J'ai hésité à poursuivre avec ce ton ironique et ces accusations de violation de vie privée. Cette ligne de défense me foutait mal parce que le non-respect de la vie privée était plutôt de mon côté. Le personnage principal de mon long métrage était, en effet, largement inspiré de Rim. Comme chez un marchand de légumes on pioche n'importe quoi selon ses humeurs, j'avais attrapé des traits de sa personnalité ici et là et, après ce grand shopping psychologique, j'étais allée jusqu'à imaginer un traumatisme d'enfance pour expliquer les incohérences de son comportement. Son refus d'être touchée et ses partouzes paradoxales. Sa dissociation gamine fêtarde qui pose une RTT pour son anniversaire versus officier nazi qui décide de tout. Le sport et les clopes parfois allumées à la chaîne. Son talent versus ce qu'elle appelait elle-même sa sous-réalisation professionnelle. J'avais inventé de toutes pièces un viol au centre sportif de Neuilly-sur-Seine. À la fin du film, le personnage « rimien » faisait cette confidence à sa plus proche amie, un clone d'Anna. La révélation avait lieu sous la pluie, devant l'hôpital Bichat où ma mère avait réellement été hospitalisée après l'incendie de Belleville... Curieux mélange, pour Rim, de repères biographiques secoués dans un liquide de fiction. Selon l'expression d'Anna, ça devait être complètement *mindfucking* de lire un truc pareil. Pour le scénario, je m'étais aussi nourrie des tensions réelles qui existaient entre Rim et Anna, Rim et moi, Anna et moi, que j'avais tirées et encore tirées pour fabriquer du drame. Je ne savais pas quelle proportion du livre avait lu Rim, mais je savais qu'elle était forte en mikado et en tout ce qui requérait de la motricité fine. Elle avait compris que j'avais jonglé avec nos vies. Ma tête s'est vidée. Enfin non, ça n'est pas tout à fait vrai : j'ai remercié le ciel qu'Anna ne soit pas tombée sur le texte à sa place. Je pensais encore pouvoir m'en sortir.

— C'est une fiction, Rim.

— Ah bah oui, bien sûr. Avec Ava Gardner dans le rôle principal, non ?

— Le personnage dont tu parles, c'est pas toi.

— Mais c'est pas à moi qu'il faut dire ça, Armelle ! C'est à toi. Parce que si tu crois m'avoir capturée, tu te trompes complètement... Si c'est moi, c'est moi massacrée au piano.

Parce que le vent soufflait toujours plus fort, le volume de sa voix montait progressivement. J'ai pensé : *Oui, ou toi racontée par une mythomane. Toi prise dans un rêve incompréhensible où tu deviendrais soudain ma mère.* J'ai repris :

— Non, c'est pas un massacre. Ni un assassinat. C'est un mélange de mon regard subjectif sur toi et de mon objectif narratif. C'est du cinéma, je peux pas tout dire.

— Mais tu t'entends parler, espèce de connasse ?

Sans relever l'insulte, j'ai poursuivi :

— L'autofiction, c'est son vécu passé dans un kaléidoscope. Et donc, tout est distordu, ça n'a rien à voir avec le réel. C'est une histoire avec des petits bouts de ma vie à l'intérieur, mais c'est avant tout une histoire.

— Je me fous de tes tentatives de patchwork. J'en ai rien à foutre ! Il se trouve que ces petits bouts de ta vie dont tu parles, c'est ma vie.

À cet instant, ses yeux en amande ont lancé des flammes et je l'ai vue hésiter à me jeter son verre de Martini au visage. J'ai pensé que la tension n'allait peut-être plus redescendre désormais, et que les questions qu'elle me poserait seraient de plus en plus exigeantes. De mon côté, j'étais submergée par les interrogations. *Mais enfin, pourquoi avoir apporté mon texte ici ? Avais-je eu l'objectif inconscient de m'inspirer de ce séjour pour nourrir mon scénario ? Bien sûr que oui, c'était évident. Audiophile le jour et scripte la nuit, c'était le programme inavoué. J'avais voulu retranscrire des pans entiers de nos dialogues plutôt que d'avoir à les inventer. Je le réalisais maintenant, c'était même la raison pour laquelle j'avais accepté ce week-end. Mais pourquoi avoir laissé ces pages sur mon lit, alors qu'une dizaine de pas le séparait du leur ? Est-ce que je voulais être lue et est-ce que je voulais un drame ? Un acte manqué pouvait-il être plus criant ?*

— Ce que je veux dire, c'est que c'est toi passée à travers plusieurs filtres, ce qui fait que tu peux t'en distancier.

— Putain, mais tu vas arrêter avec ce ton professoral. Retire-moi de ce texte, Armelle, et va t'acheter de la pâte à modeler.

— Mais pourquoi tu me fais chier comme ça, Rim, qu'est-ce que ça peut te faire ? Y a pas ton nom, aucun secret, aucune honte, y a rien. Des effets de loupe, c'est tout.

— C'est du vol. Et j'ai pas été violée.

— Mais évidemment que t'as pas été violée. C'est bien la preuve que c'est pas toi ! Et d'ailleurs, c'est pas moi non plus. Le *Je* est un autre. Tu le vois bien. Je ne suis pas du tout la grande névrosée que je prétends être dans ce truc !

— Alors pardon, mais si justement. Je te reconnais très bien. Essaie de comprendre ce que tu fais. Tu t'empares de moi, tu me décris telle que tu me vois, comme ça t'arrange, c'est-à-dire mal, tu changes ma couleur de cheveux, t'ajoutes un viol pour justifier les incohérences de mon personnage et après quoi t'es contente, c'est de l'art ? Mais c'est une sale toile d'araignée de merde, ça, rien d'autre.

— Allez Rim, arrête, c'est injuste. C'est méchant. C'est du travail. Je nous parodie, tu n'es pas identifiable alors que moi, je m'expose. Il n'y a que moi que je compromets là-dedans.

— À quel moment je suis supposée me voir me faire violer dans un cinéma Gaumont ?

— Pas toi, une actrice.

— Va te faire foutre, Armelle.

Bien sûr que je devais aller me faire foutre. Il était même grand temps que j'aille me faire foutre. Ces dernières semaines, en travaillant, je ne pouvais pas nier que les questions éthiques me tombaient dessus comme les blocs de glace chutent d'un toit le matin. J'avais même été lire les mémoires d'Elias Canetti, pour voir ce qu'il avait écrit à propos d'Iris Murdoch, son ancienne maîtresse qui se serait inspirée de lui pour le personnage d'un de ses romans (*The Flight of the Enchanter*). Est-ce qu'il lui en voulait ? Eh bien, j'avais dû constater que oui, beaucoup. Énormément même. Sa détestation pour sa qualité d'écrivain m'avait déprimée (« Elle écoutait comme un sourd qui doit être excessivement attentif pour capter au moins quelque chose ») ainsi que la goujaterie à son endroit (« Je remarquais à peine que je la pénétrais et elle n'eut pas l'air de le remarquer non plus »). Après ça, j'étais allée chercher des conseils de scénaristes américains qui décrivent la manière dont on fabrique des « *personnages composites* » en opérant des mélanges de cuisine avec ses proches. Et en prévision de cette dispute, que j'avais plusieurs fois anticipée dans ma tête, j'avais même essayé d'apprendre par cœur la liste des modèles utilisés par Proust pour Charlus dans la *Recherche*, mais je n'arrivais à en retenir que deux : Robert de Montesquiou et Aimery de La Rochefoucauld.

Les semaines précédant Louët, je m'endormais dans des cas de conscience qui prenaient la forme de mon oreiller. *De quelle proportion d'une personne peut-on s'emparer sans qu'elle s'énerve ? Vaut-il mieux commettre mille petits larcins ou s'emparer d'un gros morceau de personnalité et le noyer dans une mare de faux détails ? Peut-on écrire sans blesser ? Comment capturer la vérité sans la resservir ? Une fiction qui serait purement imaginative aurait-elle le moindre intérêt ? Comment procéder pour qu'il soit impossible a posteriori, pour les autres ainsi que pour soi-même, de retracer le chemin emprunté du réel jusqu'à la fiction ?*

Une nuit, j'en étais arrivée à la conclusion qu'on avait le droit de s'approprier des souvenirs qui existaient dans le lieu clos d'une relation, mais pas de ce qui en dépassait, entrait dans le domaine public et permettait l'identification par les autres. Mais en réalité, j'en avais conscience, l'inverse pouvait tout aussi bien être défendu puisque ce qui était uniquement connu de deux personnes était justement ce qui constituait le pacte amical. Visiblement, j'avais merdé.

— Je suis désolée, Rim. Je comprends que ça soit désagréable à lire. Mais crois-moi, ça n'a pas été fait contre toi. Je ne te veux aucun mal.

C'était vrai et à ce moment-là je pensais encore qu'un quart d'heure plus tard, j'allais réintégrer ma chambre jaune où j'irais cacher ces dix pages et le reste de mon scénario sous une pile de vêtements tandis que Rim et Anna rentreraient dans la leur, la bleue, en me faisant peut-être encore vaguement la gueule, mais enfin rien de grave, rien qui ne tienne jusqu'au lendemain, quand soudain, alors que j'avais oublié son existence, ce qui ne m'arrive jamais, Anna a surgi dans l'échange.

— Et moi, est-ce que je suis dedans ?

— Va regarder, c'est dans la chambre d'Armelle, fais-toi plaisir, a dit Rim.

— Non, n'y va pas, j'ai dit.

— Mais je suis dedans ou pas ?

(Que fallait-il répondre ? Voulait-elle être dedans ? Bien sûr que oui, dans l'idée, tout le monde rêve d'être une source d'inspiration, ça donne de l'épaisseur à son être, c'est flatteur, remarquable, ça nous extrait sans effort de la masse humaine. Mais en réalité, ça n'est tolérable qu'en des termes que la personne aurait elle-même définis. Seule chose acceptable : une pluie de paillettes avec des paillettes triées en amont. Putain, mais personne n'était dedans. Enfin si, tout le monde, mais personne d'objectivable. Prudence.)

— Non, t'es pas dedans, Anna.

— Enfin juste un peu, a dit Rim. C'est un mélange de toi et de son objectif narratif. Tout ça au CNC, pour l'éternité.

— Arrête, elle est pas dedans du tout.

— Y a une meuf qui lui ressemble pourtant !

— C'est moi !

— Ah ça y est, tu dis n'importe quoi.

— Tais-toi, Rim. Règle tes problèmes avec moi sans foutre la merde, s'il te plaît.

— La merde est là, Armelle. Et je suis pas spécialiste, mais je ne crois pas que ça soit Rim qui la foute, a dit Anna en se levant.

Debout, elle a ajouté :

— Je ne comprends pas le problème. Tu parles de nous en mal, c'est ça ?

— Non. En ambivalent.

— Vous m'excuserez, mais je vais aller lire ça tout de suite.

— C'est une déclaration d'amour, j'ai dit.

Et elle a fait trois pas.

10

On en est vraiment là

Je me suis élancée pour la retenir. Je l'ai attrapée par la manche de son ciré. « Bouge pas », ai-je crié. Anna ne s'est pas débattue parce qu'elle ne s'abaisse pas à ce genre de chose. Je tenais son poignet des deux mains et Rim me fixait comme le buffle qu'elle peut devenir. Comment calmer mon amie d'enfance. Je retenais son attention en parlant très vite. Pathétiquement, je me suis entendue répéter que mon scénario lui était favorable et que mon producteur m'avait même précisé que le personnage inspiré d'elle était son préféré, « un fort caractère », il avait dit, et d'ailleurs, *qu'est-ce que je racontais, elle me faisait perdre la tête,* on ne pouvait même pas parler d'inspiration, il ne s'agissait pas de ça. Ma respiration : de plus en plus courte. Son personnage était né par-delà le vrai et le faux. Elle était peut-être, elle, Rim, l'une des sources de son existence, comme une ancêtre lointaine, mais c'est tout. Il allait falloir qu'elle voie le film à tête reposée pour s'en rendre compte. Ou dans dix ans, pour plus de tendresse et de détachement. En fait, entre mes personnages, Rim et Anna, il y avait « de simples ressemblances fortuites », selon la formule consacrée.

C'est aussi ma liberté d'écrire, j'ai dit crânement. Je comprenais, bien sûr, qu'il soit difficile de se sentir malaxée par des mots étrangers, poussée sans égard à travers un miroir déformant pour atterrir, le nez à la place de la joue, sur une pellicule de film au milieu de ses tics d'expression. Mais c'était le lot de ceux qui fréquentaient des propriétaires intranquilles d'ordinateur portable et il fallait quand même faire la part des choses graves et de celle-ci. Elles me connaissaient bien, à quoi s'attendaient-elles au juste ? Anna en avait même parlé ce matin, je l'avais entendue quand j'étais dans la cuisine. Devenir mes personnages, c'était peut-être même ce qu'elles espéraient au fond, depuis mon court métrage. Dans l'entremêlement des regards qu'est l'amitié, ce film n'avait la prétention que de faire voir le mien. Ne pas l'accepter, c'était du totalitarisme. Un scénario ne portait aucun sceau de vérité éternelle. Il serait oublié dans deux ans, englouti dans deux siècles. Il ne témoignerait d'ici là que d'une époque, d'un folklore. C'était quand même pas la mort et la maladie. Et puis j'ai redit que ce qui leur appartenait à elles seules n'avait pas été touché. Je m'étais seulement servie de ce qui nous était commun, des énergies qui circulaient entre nous parce qu'il n'existait pas de matière de vie qui me soit propre. « Tout est partagé, Rim. C'est comme la mémoire. Sans communication, y en a pas », ai-je dit. En me contredisant encore, j'ai demandé à Rim, en la fixant intensément pour souligner le sérieux de la proposition, si elle souhaitait que j'ajoute des qualités à son personnage ou que j'élimine des détails blessants. « Est-ce qu'il y a des dialogues qui te sont désagréables ? » Sans attendre sa réponse, j'ai terminé par un laïus sur le fait qu'il n'existe pas de portrait juste. Ne se dégageaient des films que des contours impressionnistes, des silhouettes que les spectateurs verraient eux-mêmes à leur manière, diluant encore plus la vérité des modèles originaux. En fait, il fallait simplement le prendre comme un hommage : par exemple, le personnage calqué sur elle, Rim, s'endormait sur le *Clair de lune* de Debussy, et c'était une des plus belles choses qu'elle faisait, adolescente, en fumant des joints dans son lit. J'adorais que Rim écoute du classique, non pas pour m'impressionner, mais pour se calmer intérieurement.

C'est à ce moment-là, au moment où je suis devenue lyrique en évoquant Debussy, que la colère de Rim s'est emballée. Rien à voir avec Debussy lui-même d'ailleurs, c'était une colère wagnérienne. Mon amie s'est ruée sur moi, elle a attrapé un de mes bras et elle m'a fait une clé en disant : « Blesser les autres, tu t'en fous ? » J'ai réussi à garder le poignet d'Anna et je l'ai même serré plus fort en ayant conscience de faire mal. En plissant les yeux, Anna a demandé : « On en est vraiment là ? »

On en était au catch, oui. J'ai écrasé le pied de Rim qui a hurlé :

— En fait, t'es complètement dingue. Si tu libères pas Anna tout de suite, j'apporte ton texte ici. De toute façon, qu'est-ce que tu crois, on va bien finir par aller le voir au cinéma, ton film de merde !

Rim a avalé sa salive et elle a changé de stratégie. Elle a

lâché mon bras. Elle s'est mise à tirer sur mon manteau de toutes ses forces. J'étais tractée loin d'Anna et je perdais l'équilibre.

Alors je l'ai poussée pour me dégager.

Ce qui m'importait à cet instant-là, c'était qu'Anna, dont l'avis compte tant pour moi, ne bouge pas d'un millimètre. Qu'elle n'accède pas au scénario. Je ne voulais pas qu'elle le lise et me désapprouve. Pas maintenant, pas ici, sur cette île qu'on ne pouvait quitter qu'à la nage. À un autre moment, peut-être, quand le scénario serait nettoyé, signé et produit. Que j'aurais trouvé les éléments de langage pour en parler. Mais tout cela n'étant pas encore arrivé, j'ai poussé Rim plus fort que prévu.

Avec une rage que je ne m'explique pas.

D'où venait-elle ?

Peut-être de son statut d'aînée.

Du fait qu'elle m'ait dit, juste avant un cours de danse, que je manquais de grâce et, tous les jours de mon enfance, que j'étais nulle en piano.

De ma peur, puisqu'elle s'apprêtait elle-même à m'écrabouiller. De la méchanceté lue dans son regard, qui entravait mon désir, alors que j'avais l'impression d'avoir passé ma vie à la ménager pour qu'elle continue de me protéger. Vouloir faire plaisir, d'accord. Mais à force, on ne m'autorisait qu'une demi-vie, dans un coin, à ne gêner personne.

De l'absence des mots puisque la présence d'Anna m'empêchait de lui parler du film comme je l'aurais voulu.

De mon cerveau qui a débloqué.

Sans les bords de falaises, la vie serait plus tendre.

Je n'ai pas compris tout de suite ce qu'il s'est passé, mais alors que son corps aurait dû percuter le menhir juste derrière elle et revenir vers moi, dans un effet de rebond, il a fait un drôle de déplacement sur la droite, vers l'extrême bord de la falaise. Elle a gardé l'équilibre de justesse, les genoux pliés, et je n'avais jamais vu autant d'incertitude dans un regard. Quarante centimètres derrière elle, il y avait le vide. Un gros pas. J'ai eu peur. Si la croix et le bord de la roche formaient un segment AB, elle était sur le point B. Qui a disparu. Son corps a disparu à la verticale.

Pfioute.

Elle a poussé un cri.

Du ciel devant moi. Plus d'amie, mais le ciel.

J'ai hurlé son prénom.

Ma vue s'est brouillée à cause de la peur.

Le paysage a éclaté comme du verre.

Je me suis tournée vers Anna, que j'avais lâchée pour pousser Rim. Elle était statique et regardait au-dessus de la ligne d'horizon, ce qui m'a rassurée. J'ai pensé que si elle ne la cherchait pas dans l'eau noire, c'est qu'elle n'y était pas. Elle était intelligente, Anna, et elle avait tout vu. Puis, comprenant qu'en fait ses pupilles ne répondaient plus, qu'elle avait disjoncté, j'ai paniqué. J'ai prononcé des mots qui ne m'appartenaient pas. D'une voix autoritaire, comme si un capitaine de bateau avait pris possession de mon corps, j'ai dit que le vent soufflait à plus de soixante-quatre nœuds et qu'il fallait agir avant que l'océan n'emporte Rim. J'ai murmuré à Anna : « Cherche-la, mais cherche-la, s'il te plaît. » Je me suis sentie partir dans une forme de démence. J'ai ramassé et jeté une grosse pierre dans l'eau comme si ça pouvait faire revenir mon amie dans un mouvement physique inverse, « hop, oui, je suis là ». J'ai à nouveau constaté l'immobilité d'Anna alors qu'elle aurait dû prendre les choses en main, c'était son rôle. J'ai crié « Rim ».

Rien ne s'est produit.

J'ai déclaré à voix haute que tout irait bien.

Que Rim avait des muscles et qu'elle allait les utiliser.

Je me suis assise et j'ai pleuré, le vent écrasant mes oreilles. Anna s'est ranimée.

— Faut appeler les secours même si on ne sait pas où elle est.

— Oui, j'ai dit.

J'ai entendu son K-way crisser derrière moi parce qu'elle s'était mise à courir. Je me suis levée et j'ai enfin osé me mettre à l'endroit où le sol décrochait. Et là, je l'ai vue. J'ai vu Rim.

11

La démission

La chute de Rim avait été arrêtée par une avancée de la falaise. Ses jambes étaient sur cette extension, ses pieds comme plantés à l'intérieur. Le reste de son corps, ventre contre terre, était cambré contre la façade. On voyait ses cheveux, son dos, ses cuisses. Rim avait l'air de faire une sieste à l'envers, dans un hamac de pierre, à mi-chemin de la mer. Elle avait glissé le long de la façade, et en dévalant une paroi de six mètres, son bras avait dû accrocher un obstacle parce qu'il était sanguinolent. Elle n'était pas tombée si bas. Son visage s'est levé vers moi, il était absent. Ce bras flingué devait l'inquiéter, la rendre malade d'intégrité perdue si elle s'en rendait compte, mais rien d'autre ne semblait touché. Ses muscles devaient quand même être rouillés, ankylosés. Derrière moi, j'ai entendu Anna revenir, les couinements de son manteau et son souffle de catastrophe. Immobile au bord du vide, juste à côté de moi, elle a suivi mon regard et elle l'a vue elle aussi. Ses épaules sont retombées. Elle a souri. « Foi de Dieu de merde », elle a dit. Puis elle a crié à Rim que les secours arrivaient, qu'ils étaient déjà en route.

— Merci, ai-je dit à Anna en lui serrant l'épaule. C'est fini. Elle est stable.

— Oui, mais faut quand même aller la chercher.

Anna est descendue par un étroit chemin escarpé que je n'avais pas vu sur le côté, cela a été vite : en deux minutes, elle avait passé ses bras sous les aisselles de Rim et l'avait relevée doucement. Le vent rendait l'opération délicate ; l'avancée de la falaise mesurait deux balcons parisiens, Anna avait du mal à garder l'équilibre. Elle l'a quand même portée, soulevée, soutenue, traînée le long du chemin et elle a réussi, en alternant toutes ces actions plusieurs fois, à la remonter jusqu'à moi. Anna a allongé Rim au pied de la croix de 1841. La déchirure du vêtement, au-dessus de son coude droit, avait la forme d'une fleur ouverte. La pierre, juste en dessous du bras abîmé, s'est teintée de rouge. La bouche de mon amie tremblait, sa petite cicatrice sur la lèvre du haut vibrait, ses yeux de chat étaient à nouveau tournés vers moi, mais ils regardaient plus loin, vers le Taureau. Rim ne semblait pas tout à fait consciente. Anna m'a demandé de surélever son bras et de ne toucher à rien d'autre, le temps qu'elle aille chercher une couverture et des gilets de sauvetage pour notre retour sur le continent. J'ai compris le message : aucune initiative, j'en avais assez fait comme ça. En son absence, rien pour détourner mon attention de ma faute. J'ai fermement tenu le bras de mon amie et j'ai murmuré plusieurs fois « pardon » sans provoquer la moindre réaction. L'émotion particulière qu'il y a à quitter une île, comme on quitte la terre, se doublait de la sensation que le sol qui m'attendait en face avait changé du tout au tout.

J'ai entendu le bruit de plus en plus net d'un zodiac.

Grâce à Anna, l'équipe de secours était déjà là, grâce à elle, elle était arrivée sur les lieux en moins d'un quart d'heure (huit minutes pour le Samu à Paris). J'ai réalisé qu'on en avait fait des caisses sur cette île déserte, mais que la distance la séparant du continent était ridicule. Le câble noir qui traînait l'électricité jusqu'ici ne ressemblait plus à une bête intestinale, mais à un simple tuyau.

Une femme géante, aussi rousse que moi, conduisait le bateau. C'était ma version XXL, avec des compétences de navigation. Elle a amarré. Deux jeunes hommes en blouse, qui avaient l'air d'être ses petits frères, sont descendus avec un brancard orange, une grosse valise de matériel et ont couru vers nous. J'ai oublié la suite. Je ne me souviens que de Rim posée sur le plancher du bateau. Les yeux fermés et les joues éclaboussées par les vagues. Le vent s'était calmé. La mer a ralenti.

Ma mémoire revient plus tard, près d'une grande cheminée en activité. À la crêperie de Morlaix, Anna a commandé deux crêpes sucrées l'une sur l'autre, et moi rien. Mon amie a passé le dîner à me rassurer : Rim n'était pas morte, déjà. Ensuite, l'accident était dû à un concours de circonstances. La discussion s'était envenimée et nous avions fait des mouvements brusques. Anna ne mentionnait pas mon scénario. Le mot était banni, je lui en étais reconnaissante. J'avais poussé Rim pour me défendre, parce qu'elle me tirait vers elle, c'est tout. Le vent et la friabilité de la falaise avaient fait le reste. Être au mauvais endroit au mauvais moment, c'était le karma. « C'est aussi bête que les gens qui se blessent dans des mouvements de foule », m'a-t-elle dit gentiment. « Oui, je vois », ai-je répondu en me souvenant de la force de mon geste. Comme je parlais peu, Anna a fini par sortir son iPhone. En faisant des recherches sur Google, elle a trouvé que la croix de 1841 de l'île Louët honorait un promeneur, victime d'un éboulis alors qu'il lisait tranquillement un roman. « À peu de chose près, c'était le début d'un cimetière sur l'île », ai-je dit sans rire. En sortant du restaurant, j'ai repensé à Rim qui prenait au sérieux les risques de chutes de pierres sur Louët. J'ai revu les images du café du matin, les pancartes nous interdisant le sommet, l'étoile qui brillait dans son cou. *Une bonne étoile*, ai-je naïvement espéré.

— Tu trembles, a dit Anna en entrant dans l'hôtel.

— Oui, je convulse même. Je ne sais pas comment arrêter ça.

— Mets mon pull et prends une grande inspiration en comptant jusqu'à cinq.

— C'est gentil, mais non. Je suis un monstre. J'ai pas envie de compter jusqu'à cinq, ça n'a pas de sens.

Dans l'hôtel familial deux étoiles de Morlaix, nous avons obtenu une chambre avec deux lits simples. Anna m'a dit qu'elle avait appelé Niels de l'hôpital. Il arriverait le lendemain en fin de matinée et il demandait à ce qu'on rentre à Paris, il préférait s'occuper de Rim tout seul. En nous déshabillant, Anna et moi n'avons parlé que de la logistique du lendemain. *Quel train et à quelle heure le réveil.* À l'inverse du soleil rouge qui avait éclairé notre dernière nuit en Tunisie ne passait par la fenêtre de la pièce, côté rue, qu'une lumière jaunâtre, insignifiante, de lampadaire. Sur le chemin de son lit, Anna s'est arrêtée près de moi pour me prendre dans ses bras et j'ai concédé une courte étreinte. J'étais désespérée, mais je n'avais plus envie d'en parler. Ni à elle ni à Daniel. Anna est sortie dans le couloir pour téléphoner à Panchi, lui dire que les vacances entre filles avaient pris fin, qu'elle rentrait plus tôt. Je l'entendais murmurer, répondre par oui et par non. Un quart d'heure plus tard, elle est revenue dans la chambre sans faire de commentaire et sans un mot réconfortant de la part de Panchi à me transmettre. Elle s'est allongée sur son matelas, a éteint la petite lampe de chevet, rabattu la couverture sur elle et s'est endormie sur le dos. Moi j'ai gardé les yeux ouverts. Je la scrutais : *une existence inchangée, ça ressemble à ça.*

La chambre vieillotte avait des murs rose foncé. Une armoire bretonne occupait la moitié du volume de la pièce. Côté jardin, un balcon donnait sur des arbres qui étaient bien verts et bien gras. La fenêtre était entrouverte. Il pleuvait. L'extérieur sentait la terre. Dans une autre vie, je me serais sentie bien, mais dans celle-ci, c'était la débâcle. À minuit, j'ai envoyé un SMS à ma psy, qui a pris sa retraite au milieu des livres en Ardèche, pour lui demander une consultation par téléphone, et elle a répondu dans la minute. « Bien sûr, Armelle. Je suis toujours là. Appelez-moi demain, j'espère qu'il n'y a rien de grave. » C'était difficile à dire, rien n'avait jamais été aussi grave. J'étais sûre que cette fois, sans son aide, je risquais vraiment de devenir folle ou bête d'une minute à l'autre.

Plus tard, le téléphone de la chambre a sonné, une

sonnerie, *driiiiiing*, d'un autre temps. J'ai décroché avant que cela ne réveille Anna, et une personne du centre hospitalier de Morlaix, qui n'a donné ni son nom ni sa qualification, m'a dit que Rim était hors de danger. L'hémorragie avait été stoppée. Le long de son bras abîmé, de l'humérus triplement fracturé, les médecins avaient glissé une barre orthopédique en métal. Ils avaient refermé avec des points de suture. Rim tolérait bien la greffe et elle avait mangé. Elle en avait pour deux ans comme ça, puis la barre serait retirée. J'ai dit « super, merci, bonne nouvelle ». J'ai raccroché et j'ai contemplé les arbres robustes du jardin intérieur. Une heure plus tard, toujours insomniaque, j'ai zoné dans les couloirs de l'hôtel pourvus d'une épaisse moquette à fleurs de lys, ce qui ne m'a pas fait rire. J'ai croisé la gérante de l'établissement, une vieille Bretonne au front court, qui m'a glissé une boîte de calmants dans la main quand j'ai fini de lui raconter l'horreur de la journée. Derrière elle, une horloge murale sur laquelle douze coiffes bigoudènes de couleurs différentes marquaient les heures. De retour dans mon lit, j'ai pensé que la beauté dépendait toujours de la taille du front, toujours. J'ai aussi admis que je n'aurais pas l'élégance de me suicider avec la boîte de médicaments. Jusqu'à l'aube, j'ai revu la scène, le déplacement du corps de Rim vers la droite, mille fois. Je me suis demandé, avec ce que je juge aujourd'hui un grand culot, si cette translation n'était pas un acte manqué de sa part. Si l'histoire de viol de mon scénario ne touchait pas au réel, finalement. S'était-elle mise en danger parce que j'avais deviné son traumatisme ?

Au petit-déjeuner, le lendemain, j'ai entendu la vieille

Bretonne parler de nous à son mari en nous appelant les filles du phare. C'est désormais ce que nous étions : un fait divers.

Dans le train pour Paris, à travers mes yeux mi-clos de tristesse, j'ai vu Clémence et Louis passer avec d'énormes bagages destinés à traverser la Manche. Ils parlaient déjà anglais et portaient des sweat-shirts Oxford sous de grands impers beiges. J'aurais échangé ma vie avec eux sans hésiter. Anna les a vus aussi, mais elle n'a fait aucun commentaire. Elle réussissait à lire *Le Monde des livres.*

À notre retour de Louët, je suis allée m'isoler une semaine dans la maison beauceronne de ma belle-mère universitaire, où j'ai passé mon temps à filtrer les appels de Daniel, faire des expéditions moroses au Super U et penser au principe physique d'une chute, la force gravitationnelle, qui n'est pas supposée déplacer les gens vers la droite. J'ai espéré la réanimation du groupe WhatsApp tunisien, mais les notifications ne sont jamais arrivées. L'écran de mon téléphone semblait congelé. Il ne s'y passait rien. Je le soupçonnais d'être allumé pour de faux. Je le secouais. J'appelais ma mère, elle répondait, il marchait bien. Au cours de ce séjour, j'ai réalisé que Niels m'avait retirée de ses amis Facebook et que le profil de Rim avait tout simplement disparu. Ce soir-là, je me suis demandé si je n'avais pas rêvé le coup de fil de l'hôpital. Je ne pouvais plus garantir à cent pour cent que cette sonnerie d'un autre siècle avait retenti dans la chambre. Rim s'en était-elle sortie ?

Quand je suis rentrée à Paris, j'ai envoyé un courrier à *Arts* pour confirmer ma démission. Le jour de la fin de mon contrat, j'ai écrit à Anna pour lui annoncer la fin de dix ans de journalisme passés côte à côte et lui demander de mettre mes affaires de côté. Je n'avais pas la force d'y retourner et de croiser des gens auxquels il faudrait expliquer la chute de Rim. Tant pis pour le pot de départ. Anna a répondu que je pouvais compter sur elle. Elle repensait avec émotion à notre premier reportage en Bourgogne et à notre soirée dans la station-service, et elle me souhaitait une belle fiche Imdb si cela existait toujours.

12

Le son du silence

Depuis trois ans et demi, en dehors de mon travail, je ne parle plus à personne ou plus personne ne me parle, ça n'est pas clair. Ma vie sociale est égale à un chiffre négatif. Je fais semblant d'être en forme, mais Daniel connaît la vérité. Je suis rongée par la culpabilité. Le père de mes enfants pense que je devrais être médicamentée parce que ma dépression larvée dure et qu'il s'impatiente, j'étais rigolote avant, combien de temps va-t-il devoir supporter ça. Il insiste pour les antidépresseurs, mais je résiste. Me débarrasser de ma culpabilité me culpabilise. Je donne le change devant les garçons, mais quand je dîne avec eux, au bout d'un moment, je finis toujours par ouvrir mon cahier de dessin et par colorier des formes vides. Parfois, je réussis à faire des blagues. Je les réveille le week-end en leur chantant « Sous le ciel de cristal » d'Aladdin comme quand ils étaient petits, voilà la blague. Je mange des boîtes de thon Petit Navire à tous les repas. Je dors au-dessus du scénario parce que je l'ai glissé tout au fond de la boîte Doc Martens, sous mes photos d'enfance. Ce texte abandonné est le document le plus important de ma vie. Je l'aime et je le hais. J'écris toujours pour le ciné, mais rien de grandiose, ni de personnel, des fictions qui s'attaquent à des problèmes de société (la fin de vie ou les addictions). Je galère pour obtenir des bourses d'écriture, comme tous les scénaristes de mon bureau partagé du quartier Oberkampf. Souvent, j'imagine que Rim est partie vivre à Oslo. C'est ce que j'aurais fait à sa place, après avoir eu aussi peur de mourir. Alors j'ai placé Oslo en première position dans mon appli météo. Quand je suis sur la ligne 4 du métro, bondée, qui me ramène chez moi, il m'arrive aussi d'imaginer qu'elle habite une petite maison en bois au bord d'un lac, à côté du chalet norvégien de Ludwig Wittgenstein. J'ai relu le philosophe autrichien qui, ça m'arrange, n'établit pas de lien évident entre la volonté et l'action. Un bras peut se lever, par réflexe (en classe, par exemple). Et je décline : un bras peut pousser par désarroi.

Que reste-t-il du fait que j'ai poussé Rim si on en soustrait le fait que j'ai poussé Rim ? Une intention ou du vide ?

Le mois dernier, j'ai croisé Anna devant le théâtre du Châtelet, j'ai failli détourner le regard, mais, à la dernière minute, j'ai trouvé ça nul et je l'ai regardée droit dans les yeux. Après une introduction gênée – comment ça va, ça va bien et toi, bah écoute oui ça va sans plus –, Anna m'a dit qu'elle pensait souvent à notre voyage en Tunisie et j'ai menti en répondant que moi aussi. Je lui ai demandé si elle se souvenait que le soir de notre départ de Djerba, c'est elle qui m'avait conseillé d'écrire un film sur l'amitié.

— Aucun souvenir. Mais qu'est-ce que tu veux me dire, tu sous-entends que je suis responsable de l'accident ?

— Non.

— Tant mieux parce que personne ne te donne des ordres, Armelle, tu fais les choses toute seule !

— C'est plus compliqué que ça, mais oui.

— Tu devrais prendre tes responsabilités.

— Pour le scénario ou pour la chute ?

— Les deux.

— Je me sens coupable et non coupable.

— Tu es coupable. Ta langue est un couteau. Mais on peut t'aimer quand même.

— Qu'est-ce que j'aurais dû faire ?

— Nous faire confiance. Me laisser aller chercher ce texte. Nous faire lire. Je sais que tu n'aimes pas les discours Bisounours. Que tu ne crieras jamais : la sororité, vive la sororité ! L'amitié entre femmes, c'est facile et magnifique ! Je sais que les idées simples te mécontentent et que tu cherches des contrechamps partout. Mais à force de raisonner, à force de snobisme et à force de revendiquer ton indépendance, tu passes à côté de l'essentiel.

— Vous me manquez.

— Mon numéro n'a pas changé.

Anna est partie, et, comme Rim l'aurait fait, je me suis mise à fredonner *The Sound of Silence* de Simon and Garfunkel, en remontant la rue de Rivoli. Je suis passée devant le café des coquillages secs, j'ai tourné la tête pour ne pas voir le box en cuir à l'intérieur, j'ai marché jusque chez moi et mon moral a glissé. Trois ans se sont écoulés depuis Louët, mais l'anniversaire de Rim tombe toujours le 23 mai. Ces jours-là ne sont pas des jours. Tout est figé, rien n'est souple. Mon lit est en ciment. Les œufs à l'anglaise de Daniel sont agglomérés dans ma gorge. Aujourd'hui, mes cheveux sont durs, sur le point de se rompre, comme si j'étais assise au milieu d'un incendie de forêt. Je quitte le balcon, retourne au lit, et pour évacuer les souvenirs, je lui écris une lettre sur mon téléphone.

Rim, le temps n'a rien fait, je n'ai toujours pas d'explication valable. Si je t'ai poussée, je crois que c'est parce que j'ai été soumise à une injonction paradoxale. Près de cette croix, j'ai sombré dans une itération folle. Si je lâche Anna, elle va aller lire le scénario. Mais si je la retiens, Rim lui apportera. Mon passage à l'acte est un accident de la pensée. Rien d'autre ne me vient. Ce qui remplit ma tête, c'est le manque.

Où que tu sois, sache que ma vie consiste à te murmurer des choses. Sur mon bureau, j'ai mis une photo de nous à ma première boum, celle que tu as accueillie chez toi. Nos visages parfaits sont fixés sur des corps de même taille. Ma ceinture est fermée par une étoile en métal. Tu portes un serre-tête et une minijupe rayée. Y avait pas grand monde, des enfants avaient annulé, mais tu as dit tant mieux, ça nous fera plus de place pour danser.

Aujourd'hui, c'est ton anniversaire, les boums sont englouties et je réalise à quel point tu m'as protégée. Sans ta solidité, j'aurais mangé mes moufles. J'aurais été emportée par la tristesse du couple formé par mes parents, l'absence d'espoir du T3, la largeur des boulevards et le couloir rouille. Ou alors, je serais devenue une adulte accablée et tout aplatie. Je te dois ma forme humaine. Ton absence rend le monde incompréhensible. Je suis aussi hébétée que si le miroir de ma chambre ne me reflétait plus. J'aimerais te retrouver, au moins pour que tu m'empêches de faire des conneries. La petite chirurgie esthétique, par exemple, ça me tente. Mais ça serait idiot. Souviens-toi qu'à neuf ans, sans ton intervention, j'aurais adopté un dauphin. Et le dauphin serait mort. Et j'aurais pleuré. Les histoires qu'on se raconte dans la vie.

Je pense à ton bras abîmé et à mon coude qui gratte les jours de pluie. Ils communiquent. Même si tu ne m'aimes plus, tu restes celle d'où je viens, la preuve de ma propre durée. J'aurais voulu être la même chose pour toi, que mon visage supporte ton âge.

Depuis Louët, je suis une femme à trous. J'ai commencé à disparaître. Mon tympan ne t'entend plus chanter mal. Devant les lieux que j'associe à toi, je passe au ralenti et Daniel aussi, sans le savoir, en s'adaptant à mon pas.

J'aurais aimé qu'on retourne sur le cavalier, à soixante-dix ans, pour faire un rodéo à poil. Imagine. Le vieux duc d'Orléans, à son âge, on ne peut pas prévoir ce que ça lui aurait fait sexuellement. Tu m'aurais aidée à monter. On aurait été immortalisées en noir et blanc par un jeune photographe passant par là qui nous aurait déclinées en cartes postales à l'infini. Nous deux, dans tous les bons tabacs de France. Se foutre de tout, c'est la consolation suprême d'avoir vieilli. Sans toi, il reste quoi, le soleil ?

Après le cheval, on aurait été boire des chocolats viennois sur le boulevard Saint-Germain. Le crâne un peu dégarni, les lèvres collées à la chantilly, nos ventres parcheminés, jumeaux, nos épaules dépourvues de muscles, mais protégées par une fausse fourrure violette et tapageuse. Alors, on aurait été là, deux petites équerres tassées et rigolardes.

Contentes d'avoir rien de plus à faire.

Je te regrette tant.

Ce 23 mai, j'entends au loin les rires de mes fils qui regardent des sketchs de Mr. Bean, leur nouvelle passion. Je réalise que Rim et moi détenons le record du monde de visionnages du film *Dirty Dancing*. Mais aussi de *Bodyguard* et de *Grease. It's electrifying.*

J'ai perdu Rim. J'en suis responsable. Je ne sais pas s'il faut regretter que l'amitié ressemble à un système de libre-échange, un espace de liberté dans lequel personne n'est forcé de voir personne, et donc dans lequel Rim n'est pas obligée de me voir. Je ne crois pas qu'il faille lui envoyer cette lettre qui est un étalage de mes sentiments, mais je pense qu'il est temps de sortir du purgatoire, et de cette passivité. Cela fait trois ans et je ne sais plus ce que j'attends. Aujourd'hui, après avoir repassé le film de notre amitié, il m'apparaît qu'à se désengager de tout, comme je l'ai fait, on s'engage par défaut pour le délitement. Or je veux la voir.

Je déteste que les liens se coupent, même les plus minces. Perdre Rim et Anna qui détiennent à elles deux le passé et le sens, je ne le supporte pas. Si on imagine que le film d'une vie est composé de trois pellicules superposées, que ces trois pellicules lui donnent ses couleurs profondes, il m'en manque deux. Depuis la Bretagne, j'habite une vie terne dans laquelle le bonheur est une absence de problèmes. Il faut m'accrocher. Je vais lui écrire. Aujourd'hui, par exemple, je pourrais faire savoir à Rim que je l'attends. Pour ça, il suffit d'envoyer un SMS à Anna. Court, simple : *S'il te plaît, dis à Rim que je lui prépare des pâtes à la harissa.*

Et de sortir en acheter.

ŒUVRES CITÉES

Par ordre d'apparition :

The Mamas and The Papas, *California Dreamin'*, paroles et musique : John Edmund Andrew Phillips, Michelle Gilliam Phillips, 1965 ; © Universal Music Publishing Group.

Mariah Carey, *Hero*, 2006, paroles et musique : Mariah Carey, Walter Afanasieff, © Royalty Network, Sony/ATV Music Publishing LLC, Unison Rights S.L., Universal Music Publishing Group, Warner Chappell Music, Inc.

Marguerite Duras, *La Vie matérielle*, Gallimard, « Folio », 1994.

Marivaux, *Les Sincères*, Gallimard, « Folio », 2008.

Virginia Woolf, *Journal d'un écrivain*, 10/18, 1977.

Albert Camus, *Correspondances 1941-1957*, Gallimard, 2013.

Frédéric Berthet, *Simple journée d'été*, La Table Ronde, 2019.

David Lynch, cité dans Monica Sabolo, *Tout cela n'a rien à voir avec moi*, JC Lattès, 2013.

Nicolas Grimaldi, *Métamorphoses de l'amour*, Grasset, 2011.

Madame de La Fayette, *La Princesse de Clèves*, Livre de Poche, 1973.

Pascal Rambert, *Clôture de l'amour*, Les Solitaires Intempestifs, 2017.

Esther Perel, *Je t'aime, je te trompe*, Pocket, 2019.

Lacan, « Joyce le Symptôme », *Autres écrits*, Seuil, 2001.

Gloria Steinem, *Le Monde*, mars 2020.

Gustave Flaubert et George Sand, *Correspondance*, Flammarion, 1993.

Victor Hugo, *Post-scriptum de ma vie*, Carnets de L'Herne, 2015.

Mallarmé, *Poésies*, Gallimard, 1992.

Tchekhov, *Les Trois Sœurs*, Actes Sud, 2002.

Stendhal, *Souvenirs d'égotisme*, Gallimard, « Folio », 1983.

Rimbaud, *Vers nouveaux*, Lurlure, 2019.

Chicago, *If you leave me now*, paroles : Peter Cetera, 1977 ; © Universal Music/Mgb Songs.

Elias Canetti, *Les Années anglaises*, Le Livre de poche, 2007.

REMERCIEMENTS

À Catherine Nabokov et Grégory Messina,
Karina Hocine et Charlotte von Essen,
Claude, Octave et Léon,
Christine Beroff et Jacques Le Blevennec,
Marie-Gaëlle, Audrey, Renée, Camille, Julia, Xavier,
David et Grégoire.

Composition : IGS-CP à L'Isle-d'Espagnac (16)
Achevé d'imprimer par Normandie roto s.a.s.
en mars 2023
Dépôt légal : mars 2023
Premier dépôt légal : février 2023
Numéro d'imprimeur : 2301336

ISBN : 978-2-07-300176-4 / Imprimé en France

612049